KB060900

To: _____

조금쯤 바보가 되어도 좋아요
당신을 사랑하고 싶어요

From: _____

몸이 달다

몸이 달다

있는 그대로도
충분히 달콤한
당신과 나

강백수 지음

꼼지락

작가의 말

살이 쪘을 때도, 빠졌을 때도
예쁜 옷을 입었을 때도, 벗었을 때도
화장을 했을 때도, 세수도 하지 않았을 때도
환하게 웃던 어느 날에도
마지막 그날도

나는 네가 발가락 사이까지 구석구석 다 예뻤단다.

우리가 서로를 어루만지던, 돌아갈 수 없는 나날처럼
늙어버릴 먼 훗날
그 언젠가도

너는 참 예쁘겠지.

차례

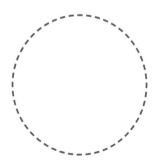

내가 사랑하는 감각들

볕 좋은 봄날, 공원 벤치에 앉아 커피를 마시는 나른한 감각
아직은 조금 차가운 백사장 모래를 밟는 감각
여름날 계곡물에 발을 담그고 수박을 베어 먹는 감각
물놀이를 하다 민박집에 돌아와 에어컨을 켜놓고
노곤한 초저녁잠을 자는 감각
그리고 일어나 밤바람을 쐬며 아이스박스에 들어 있는
캔 맥주를 따는 감각
선선한 가을날 바닥에 얇게 깔린 플라타너스 낙엽을 밟는 감각
스산한 밤공기를 마시며 휘정휘정 서촌을 걷는 감각
첫눈이 오나 싶어 하늘을 바라보는데 작은 눈송이 하나가
이마에 떨어지는 감각
꽁꽁 언 손으로 따끈한 사케를 마시면 찾아오는
온몸이 스르르 풀어지는 감각
집에 돌아와 침대 위에 엄마가 켜둔 전기장판과 솜이불 사이로
폭 박히는 감각

사계절 뚜렷한 땅에 사느라
여름에는 덥고 겨울에는 추워서 고생도 많지만
옷값에, 에어컨에, 보일러에 돈도 많이 들지만
그래도 몰랐다면 아쉬웠을, 내가 사랑하는 감각들.

광대

사회생활을 잘한다는 것은
광대뼈 부근 안면근육의 지구력과 관련이 크다.

싫어 죽겠지만 내색할 수 없는 사람과의 술자리가
몇 시간이나 계속되었고
그날 나는 그에게
"어휴, 백수 씨는 사회생활을 정말 잘할 것 같아요"라는 말을 들었다.
칭찬을 듣고 씁쓸하기는 처음이었다.
어찌나 애써 억지웃음을 지어야 했는지
택시를 타고 집에 돌아오는 내내 뻐근한 광대뼈를 문질러야만 했다.

억지로 웃어야 해서 '광대'뼈인 것일까.

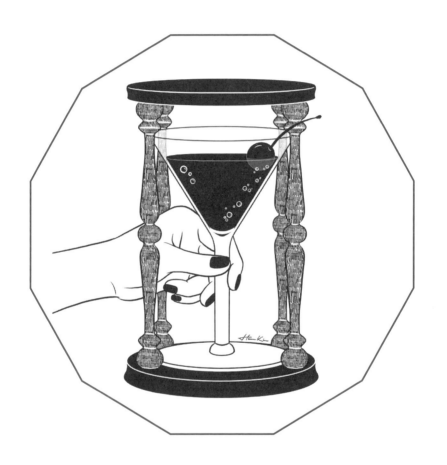

귀신같은 나의 몸

일하러 가기가 죽기보다 싫은 날
누군가에게 깨질 것이 뻔한 날
만나고 싶지 않은 사람이 나오는 모임이 있는 날
꺼내기 어려운 말을 꺼내야 하는 날이면
어김없이 몸살이 나는
귀신같은 나의 몸.

일요일에 술을 안 마셨어도, 월요일에는 숙취가 있는 것 같고
목요일에 밤새 달렸어도, 금요일 오후만 되면 정신이 맑아지는
귀신같은 나의 몸.

그 독하다는 독감에 걸려 앓아누워서
물 가지러 주방까지 걷는 것마저 힘든 날에도
짝사랑 그녀의 전화 한 통에 벌떡 일어나는
귀신같은 나의 몸.

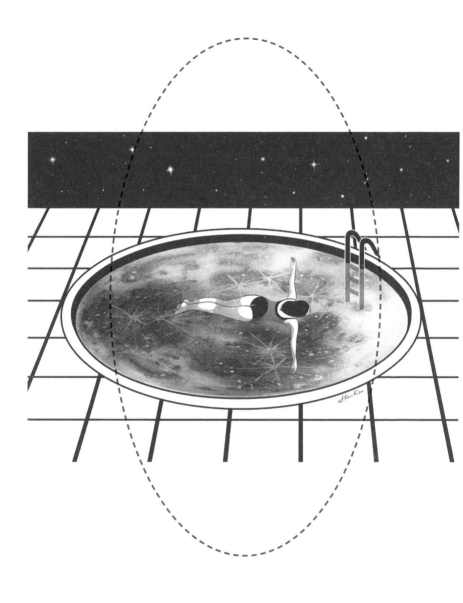

TV를 껐네

헬스장에 가서 개인코치 받을 **돈과 시간**
근육통을 예방하기 위해 마사지를 받을 **돈과 시간**
닭 가슴살 샐러드를 해 먹을 **돈과 시간**
등 푸른 생선을 구워 먹을 **돈과 시간**
보충제와 영양제를 챙겨 먹을 **돈과 시간**
근육의 회복을 위해 충분한 휴식을 취할 **돈과 시간**

우리에겐 그런 게 없는데

자꾸만 초콜릿 복근, 십일자 복근을 보여주며
누구나 저렇게 될 수 있을 거라고.

"굳이 어디 가지 않아도 집에서도 이렇게 주변에 있는 물건으로
얼마든지 운동을 할 수 있답니다."

거짓말하지 말아요, 코치님
코치님 몸도 집에서 만든 거 아니잖아요.

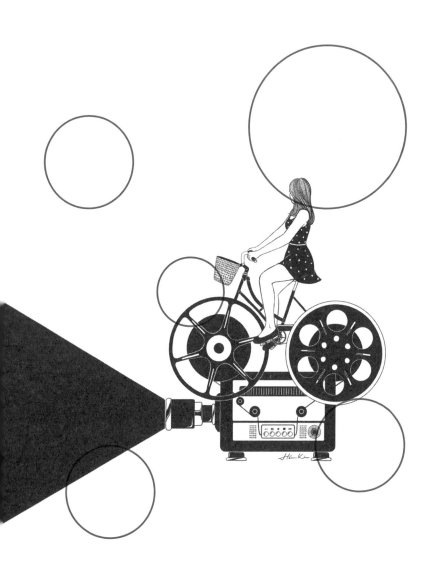

진짜 근육

멋진 근육을 갖고 싶어서
닭 가슴살을 먹고 단백질 쉐이크를 마시고
바벨을 들고 케틀벨을 휘두르지만
정작 멋있어야 할 근육은 따로 있지요.

가식 없이 웃고
불의에 분노하고
남을 위해 슬퍼하는 안면근육.

남에게 상처주지 않고
모르는 것을 모른다 말하고
바라는 것 없이 칭찬하는 혀.

나이와 관계없이
하고 싶은 일과
사랑하는 사람 앞에서 요동치는 심장.

다른 근육들보다 그런 근육이 튼튼한 사람이 되고 싶어요.

잠 못 드는 밤 비는 내리고

열 살. 비가 오면 소풍을 못 갈까 두려웠다

열다섯 살. 비가 오면 첨벙대고 놀 생각에 설렜다

스무 살. 비가 오면 막걸리 마실 생각에 신났다

스물다섯 살. 비가 오면 헤어진 그녀 생각에 울었다

서른 살. 비가 오면

··· 여기저기가 아프다. 오기 전에 벌써 안다.

로 블로 Low Blow

그와 그녀가 소파에 앉아 텔레비전 채널을 돌리는 무료한 주말 오후
원래는 데이트를 하려고 했는데, 그녀는 생리통이 조금 있다.

스포츠 채널의 이종격투기 경기에 리모컨이 잠시 멈췄다.
"저게 뭐가 재미있다고."
"아냐, 보다보면 재밌어. 한번 봐봐."

그때 한 선수가 실수로 상대방의 낭심을 걷어찼고
그는 그걸 보고 자기도 모르게 비명을 질렀다.
"으악!"
"깜짝이야! 왜 자기가 그래?"
"어휴, 실수로 상상해버렸어."
"저게 그렇게 아파?"
"그걸 말이라고 해?"
"그래? 얼마나 아픈데?"

그는 곰곰이 생각하다가 대답했다.

"평생 치 생리통 일시불."

여자는 설마 그 정도일까 싶고

남자는 그걸로 부족하지 않나 생각했다.

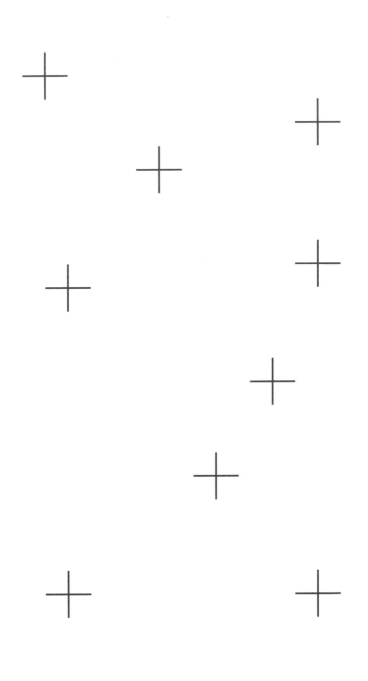

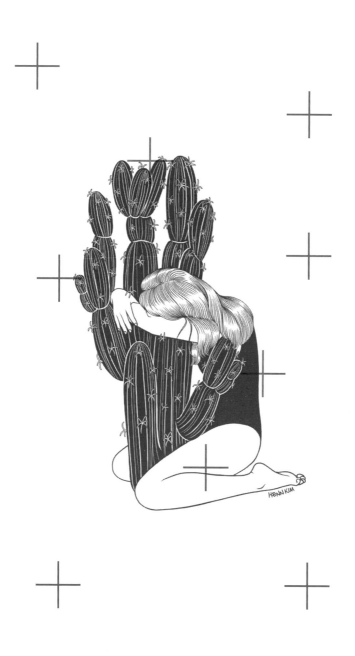

아홉 살 차이

만난 지 반년 정도 된 병진 씨와 현정 씨. 둘은 서른네 살과 스물다섯 살로 아홉 살 차이 커플이다. 집도 직장도 멀어서 평일에는 잘 만나지 못하는 그들. 금요일은 보통 각자 친구를 만나 놀고, 토요일부터 일요일 오후까지 함께 보낸다.

토요일 오후, 일주일 만에 만난 그들이 다툰 이유는 둘이 생각하는 이상적인 토요일의 모습이 달랐기 때문이다. 병진 씨는 집에서 함께 영화를 한 편 보고, 저녁에는 〈무한도전〉을 틀어놓고 치킨과 맥주를 시켜 먹는 토요일을 보내고 싶었다. 현정 씨는 예술의전당 한가람 미술관에서 하는 전시회를 보고 경리단길로 넘어가 멕시칸 요리에 수제 맥주를 먹고 싶었다.

둘은 서로의 마음을 몰라주는 상대가 야속하지만, 사실 진짜 모르는 건 '마음'이 아니라 '몸'이다. 스물다섯 살에게는 노는 게 쉬는 거라는 걸 병진 씨는 모른다. 서른네 살에게는 노는 날과 별도로 쉬는 날이 필요하다는 걸 현정 씨는 모른다.

둘 중에 누군가가 오늘은 양보를 하겠지만 이 싸움의 근본적인 해결은 당분간 어려울 예정이다. 병진 씨가 운동이라도 열심히 해서 건강해지거나, 현정 씨가 얼른 나이를 먹거나 하지 않는 한.

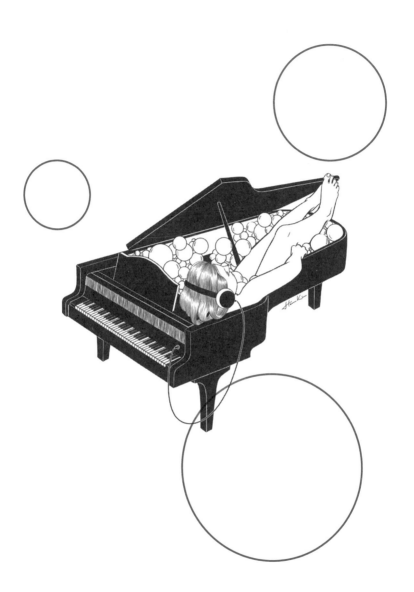

마음, 가슴

어려서부터 의아했던 것이 하나 있다.
누군가를 떠올리거나 그리워하거나 미워하거나 사랑하는 마음
슬퍼하거나 기뻐하거나 화를 내거나 하는 마음이
왜 가슴으로부터 시작된다고 하는 걸까.
생각이나 감정을 관장하는 기관은 머리 안에 있는 뇌가 아니던가.
그런데 어째서 동양에서는 마음을 심장(心臟)이라 비유하고
서양에서도 심장과 마음을 모두 Heart라고 하는지…

너를 보내고야 그 이유를 알았다.
네가 일어나 문을 열고 나가고
우두커니 남겨진 빈 의자를 보며 낯선 통증을 느꼈다.
아팠던 자리를 정확히 짚을 수는 없지만
분명 가슴 어딘가였던 것 같다.

오늘 아팠던 그 자리쯤에 마음도 있고 사랑도 있었나 보다.

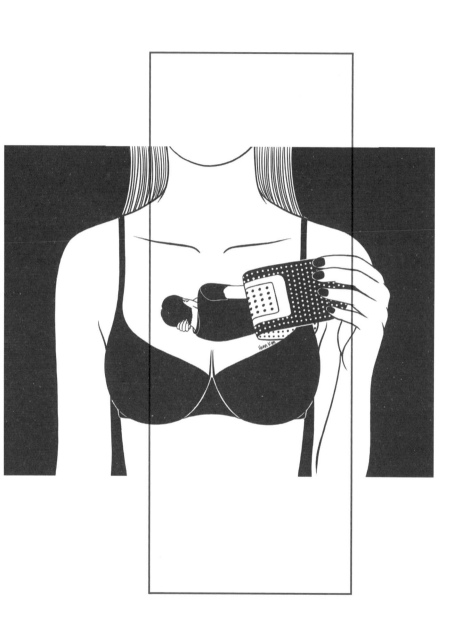

덩칫값

어떤 히어로물을 보니 이런 대사가 나오더군요.
"거대한 힘에는 책임이 따른단다."
나도 한마디 보태겠습니다.
"거대한 덩치에는 비아냥이 따른단다."

나는 벌레를 잡지 못합니다.
커다란 바퀴벌레를 발견한 날에는 잠을 못 잡니다.
나는 악력이 약합니다.
꽉 닫힌 딸기잼 병을 열 때 애를 먹습니다.
나는 고소공포증이 있습니다.
번지점프는커녕 대관람차도 잘 못 탑니다.
나는 무서운 영화에 취미가 없습니다.
특히 징그러운 장면에서는 눈을 감습니다.

그 덩치에 벌레가 뭐가 무섭냐고 합니다.
너도 벌레보다 큽니다.
그 덩치에 왜 그렇게 힘이 없냐고 합니다.
이거 다 술 살입니다.
그 덩치에 대관람차가 뭐가 무섭냐고 합니다.
떨어질 땐 내가 더 빨리 떨어집니다.

그 덩치에 이게 뭐가 징그럽냐고 합니다.
저게 안 징그러운 네가 더 이상합니다.

더군다나 나는 소심한 편입니다.
그런 말을 허허 웃어넘기지도 못합니다.
이 말을 들으면 또 말하겠죠.

덩칫값 좀 해라.

나도 하고 싶습니다. 덩칫값.
얼마면 되나요?

괜찮다는 말

직장생활 내내 모은 돈과 퇴직금을 쏟아부어 차린 맥줏집을
결국 정리하게 된 그 녀석이
"에이, 뭐. 괜찮아 인마. 차라리 편해"
라고 했을 때 정말로 괜찮은 줄 알았다.
그 표정이 너무나 당당해서.

"야, 좋잖아. 이 시간이면 항상 가게에 묶여 있었을 텐데
이제 이렇게 나와서 너랑 술도 마실 수 있고"
라고 했을 때도 정말로 괜찮은 줄 알았다.
그 눈빛에 흔들림이 없어서.

"아무튼 이제 시간 많으니까 자주 만나자. 갈게!"
하고 지하철역 계단을 내려가는 뒷모습을 보고서야
비로소 그가 하나도 안 괜찮다는 걸 알았다.
그날 멀어지는 그의 어깨가 그렇게 말하고 있는 것 같았다.

'괜찮다'는 말이 진심인지 거짓인지를 알기 위해서는
표정과 눈빛만 살피는 것으로는 부족할 수 있다.
가끔은 어깨가 더 정직하다.

고작 그것 때문에

신발 속의 작은 모래알 때문에
몇 년을 준비한 대회에서 기권하고 만 마라토너

이에 낀 오징어 때문에 대화에 집중하지 못해서
어쩌면 인연이었을지 모를 사람을 놓치고 만 소개팅

몇 년을 벼르다 사랑한다고 고백하려던 순간
목에 가래가 끼는 바람에 머뭇거려서 타이밍을 놓치고 만 남자

하필 결혼식 날 코 옆에 난 왕 뾰루지에
속상해서 울음을 터뜨리고 만 신부

왼손 검지 손톱을 실수로 너무 짧게 자르는 바람에
중요한 콘서트를 망치고 만 기타리스트.

고작 **그런 것들**에 상심하고 마는 우리들
이토록 **사소한 일**에 망가지고 마는 하루들.
덩치가 커졌어도, 나이를 먹었어도
우리는 하나도 강하지 않다.

아는 것, 하는 것

나는 살을 빼는 방법을 잘 안다
고운 피부를 얻는 방법을 안다
아침마다 치밀어 오르는 구역질을 없애는 방법을 안다
시도 때도 없이 찾아오는 두통을 없애는 방법을 안다
가래 끓지 않는 목소리를 갖는 방법을 안다
소화불량을 고치는 방법을 안다
시원하게 큰 볼일을 보는 방법을 안다
끝없는 피로감을 없애는 방법을 안다

이 증상 중 어느 것을 호소해도 의사는
'술 끊고 운동하세요'라고 말할 것을 안다

안다
아는데
'아는 것'을 '하는 것'으로 만들 줄을 모른다.
작대기 두 개만 붙이면 되는 일인데
그게 그렇게 어렵다.

이마를 맞댄다는 것

어제 조금 춥게 잤더니 열이 좀 나는 것 같다고 말했을 때
그녀는 이마를 내 이마에 맞대었다.
"조금 뜨거운 것 같기도 하고…"
하며 고개를 갸우뚱거리는 그녀를 보며 잊고 있던 설렘이 생각났다.

우리는 얼마나 많은 입맞춤을 나누었던가.
그러다 보니 입을 맞추는 것으로는 잘 설레지 않게 되었다.
요즘 우리에게 키스는 섹스의 시작이거나 형식적인 인사니까.

그런데 이 이마를 맞대는 아무것도 아닌 행동이 왜 이렇게 설레는지.
처음에 느끼던 것과는 전혀 다른
몇 년의 시간이 쌓인 연인만이 느낄 수 있는 새로운 설렘.

키스는 술을 많이 먹으면 사귀지 않는 사이에도 하는 경우가 있지만
이마를 맞대는 행위는 사랑하는 사이가 아니라면 해볼 일이
드물지 않은가.
앤드레김 패션쇼의 피날레가 언제나 이마를 맞대는 남녀의
모습이었던 것은 이런 의미가 아니었을까.

우리는 여태까지 그랬듯 지금도, 앞으로도 사랑을 한다.

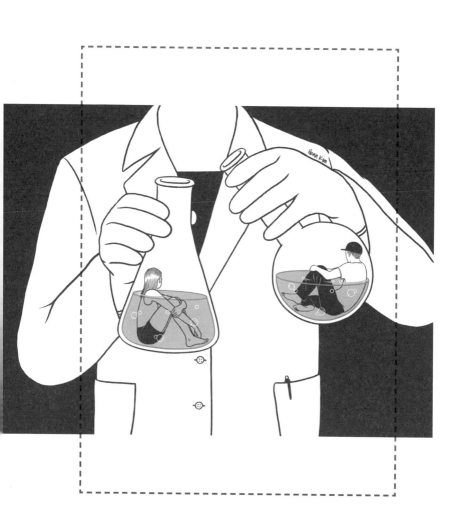

정지용도 똑같아

대학원 수업 때문에 시인 정지용의 작품을 엮어놓은 책을
구해다 읽었다. 1920년대부터 1940년대까지 최고의 시인으로
군림했던, 동그란 안경을 쓰고 머리를 단정히 하고 두루마기를 입은
거장의 모습을 상상하며 한 편 한 편 시를 읽어내려갔다.

《정지용 시집》을 지나 《백록담》을 지나, 어찌어찌 발견된
미발표작을 읽는데, 응?
이건 도대체 무슨 작품이지?

내가 바로
네고 보면
섯달 들어
긴긴 밤에
잠 한숨도
못 들겠다
네 몸매가
하도 곻아
네가 너를
귀이노라

제목은 〈네 몸매〉. 요즘 말로 하자면 '내가 만약에 너라면 도저히 밤잠을 이룰 수 없겠어. 네 몸매가 너무 좋아서 그것을 귀하게 여기느라 말이야'라는 정도일까.

어릴 적에 〈체인지〉라는 영화를 본 적이 있다. 남학생과 여학생이 벼락을 맞는 바람에 몸은 그대로고 서로의 영혼이 뒤바뀌는 내용이다. 시간이 지나 사춘기 시절에 친구들과 그 영화 이야기를 하며 낄낄거렸던 기억이 난다.

"그런 상상 우리만 하는 게 아니구나."
"하루만 그래보면 좋겠다!"
"뭐하게, 임마."
"몰라 임마, 히히히."

차마 발표하지 못하고 꽁꽁 감춰둔 작품을 보며 생각했다.
한국 모더니즘의 아버지니 어쩌니 해도, 그도 어쩔 수 없는 남자구나.

나의 19금 성적표

안 궁금해하고 싶은데
궁금해도 묻지 말아야 한다는 걸 아는데

이상하게 자꾸만 궁금해서
나도 모르게 묻는다.

"어땠어?"

이건 시험이 아닌데
시험 치고 나온 아이처럼
자꾸만 성적표를 받고 싶다.
잘한 것 같은 날은 칭찬받고 싶어서
못한 것 같은 날은 괜히 불안해져서

그러니까 묻기 전에 칭찬해줬음 좋겠어.

간절한 마음으로 약을 먹는다

삼십대 초반. 이제 몇몇 친구들에게 탈모는 지구온난화 문제나
북핵만큼 중대한 사안이 되었다. 엄홍길 대장과 그의 대원들처럼
자꾸만 정상을 향해 진격하는 이마 양 끝 라인. 세면대에 수북한
머리카락을 보며 한 친구는 눈물까지 날 뻔했다고. 녀석의 꿈은
기필코 결혼에 골인하는 것이라 아직은 안 된다고 절규라도
하고 싶었단다.

인정하고 싶지 않겠지만 어느새 그냥 눈으로 봐도 확연한 변화에
아직은 저항해야 한다. 포기할 수 없다. 떠나는 여인에게 조금이라도
더 곁에 머물러달라 애원하는 마음으로 녀석은 탈모 약을 먹기
시작했다. 각고의 노력 끝에 상태는 조금씩 호전되어간다는데, 나는
익히 들어온 탈모 약의 부작용이 걱정됐다.

"야, 탈모 약 먹으면 정력 감퇴? 발기부전? 그런 거 올 수도
있지 않냐?"
"응, 그럴 수도 있다더라."
"머리카락보다 그런 게 더 소중한 거 아니야? 결정적인 순간에
안 되면 어떡하냐?"
"나도 고민을 많이 했는데….".

너무나도 지혜로웠던 녀석의 다음 말에
나는 무릎을 탁 칠 수밖에 없었다.

"되고 안 되고는 침대까지 가야 생기는 문제잖아. 나는 가뜩이나
못생겼는데 여기서 머리까지 빠져서 여자랑 침대에 올라갈 일 자체가
없어지면 어쩌냐."

하기야, 경기 기회가 없다면 기량이 좋건 말건 그게 무슨 상관이겠어.
우리는 술을 한잔하고 노래방에 갔고 녀석은 이문세의 〈소녀〉를
불렀다.

"내 곁에만 머물러요. 떠나면 안 돼요."

앞머리로 안쓰럽게 가린 녀석의 이마를 보며 어쩐지 눈물이 핑 돌았다.

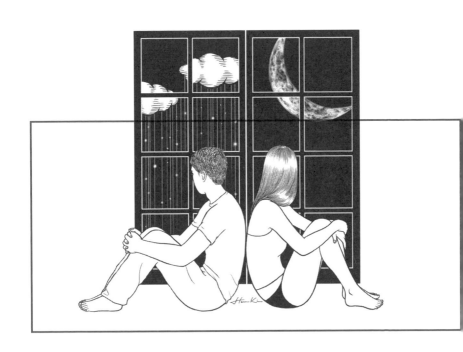

쌩얼의 경계

다툰 것이 못내 마음에 걸려서
결국 전화를 받지 않는 그녀의 집을 찾았다.

"나야."

하자마자 집에서 후닥닥하는 소리가 들렸다.
서랍을 여닫고 가방을 뒤적거리는 소리가 들리더니
이윽고 그녀가 문을 열었다.

"뭐야, 갑자기 이렇게 찾아오면 어떡해."

마음이 급했는지 삐뚤게 그린 눈썹에 웃음이 터져서
그녀를 와락 껴안고 말았다.

"쌩얼도 예쁘네."

펜슬로 그린 눈썹까지는 쌩얼로 치기로 했다.

록스타

여자 사람에게는 하나도 인기 없는 내가
여름만 되면 인기쟁이가 된다.

미국 록스타라도 만난 양 밤마다 모여드는 모기들
그들이 남기고 간 수많은 키스마크.

오랫동안 기억해달라는 뜻일까
물어도 꼭 얼굴이거나 손가락이거나 발바닥.

사람을 무는 모기는 죄다 암컷이라며.

나도 여자에게 인기 좀 많았으면 좋겠다고
그렇게 술 먹고 푸념을 했는데
기왕이면 사람으로 해주시지.

하늘도 참.

3.5kg

친구의 와이프가 예쁜 딸을 순산했다.
기념으로 녀석이 삼겹살에 소주를 사줬다.

"애기는 건강해?"
"응, 3.5킬로. 애가 작아서 걱정했는데 막판에 무섭게 크더라."
"오, 나도 3.5킬로로 나왔대."
"설마 우리 딸도 너만큼 커지지는 않겠지."
"나 90킬로 넘었어."

낄낄대며 웃느라 소화가 잘되는지 그날따라 고기가 많이 들어갔다.
한참을 먹다가 문득 신기하다는 생각이 들었다.

"야, 3.5킬로가 어떻게 이렇게 커지냐, 대단하지 않냐?"

그때 친구가 대답했다.

"신기하긴 뭐가 신기해. 난 하나도 안 신기하다."

의아한 표정을 짓자 녀석이 말을 이었다.

"너 오늘 고기를 거의 1킬로는 먹었어. 수십 년을 매끼마다 1킬로씩 먹고 90킬로밖에 안 나가는 게 오히려 신기한 거 아니야?"

다시 낄낄 웃으며 고기를 한 접시 더 시켰고
소주가 찰랑찰랑하는 잔을 부딪쳤다.

열심히 먹고 무럭무럭 착실하게 자라준 우리를 위해
친구의 딸 역시 그래주길 바라며

건배.

내게도 대천문이 있었으면

태어난 지 두 달도 안 된 조카가
꼬물꼬물하는 모습이 너무 귀여워
머리를 쓰다듬으려 하자 누나가 하는 말

"애기 머리 조심해. 애기들은 머리로도 숨 쉰단 말야."

가만히 보니 진짜로 정수리가 꾸물꾸물.

검색을 해보니 숨을 쉬는 건 아니지만
두개골이 정말로 열려 있다고.

하늘을 향한 그 문으로 시원한 바람이 드나든다고 생각하니
괜히 부러운 생각이 들었다.
이 꼬맹이 머릿속에는 전세자금 대출 생각도
시집간다며 떠나간 애인 생각도
자동차 할부금 생각도, 국민연금 생각도 없을 텐데.

내 정수리 문도 활짝 열려서
풀리지 않는 고민들이 바람 타고 훌훌 날아가버렸으면.

엄마의 초능력

여자가 아기 엄마가 되면 불가사의한 힘이 생기나 보다.
영화 속 슈퍼히어로처럼, 설명할 수 없는 능력을 발휘하는 것을
몇 번 목격한 적이 있다.

사촌 동생의 집에 놀러 갔던 날이다.
동생의 남편은 아직 퇴근을 안 했고
백일 남짓 된 아기를 혼자 돌보고 있었다.
잠든 아기를 받아 안고 구경을 하는데, 동생이 말했다.

"오빠 잘됐다. 나 씻는 동안 애기 좀 봐줘."
"그래, 그냥 안고 있으면 돼?"
"응, 근데 얘 좀 특이해서 서서 안고 있어야 돼. 앉으면 깨서 울어."
"알았어. 천천히 씻어."

자그마한 아기 하나 안고 있는 것이 별로 어려울 것 같지 않았다.
그런데 10분쯤 지났나, 팔이 저려왔고
20분쯤 지나니까 등에 땀이 나기 시작했다.

30분 만에 나온 동생에게 아기를 넘겨주고
저린 팔을 주무르고 있자니 동생이 웃으며 말했다.

"힘들지? 나는 하루에 세 시간은 기본으로 안고 있어."

동생 팔뚝은 처녀 때와 다름없이 가늘었는데, 신기해서 되물었다.

"우와, 어떻게 그래? 힘도 별로 없는 애가."
"엄마 되면 다 해."

그때 느꼈던 경이를 예전에 누나 집에 놀러 갔을 때에도 느껴봤다.
거실에서 텔레비전을 틀어놓고
누나와 매형과 셋이서 맥주를 마시고 있었다.
돌이 지나지 않은 조카는 방 안에 잠들어 있었다.
한참을 신나게 이야기를 나누는데,
누나가 갑자기 안방으로 뛰어 들어갔다.
그러더니 잠에서 깨어 울고 있는 조카를 안고 나왔다.

"매형, 애기 우는 소리 들으셨어요?"
"아니, 나는 잘 못 듣는데 희한하게 저 사람한테만 들리나 봐."
"우와, 나도 아무 소리도 못 들었는데. 누나는 어떻게 들어?"

누나는 웃으며 말했다.

"엄마 되면 다 들려."

슈퍼맨? 소머즈? 그들 위에 엄마가 있다.

뒤통수: 엄마랑 외할머니가 보고 싶은 밤에

애매하게 납작한 내 뒤통수를 만져보면
웃음이 나와요.
나는 아기 때 외갓집에서 자랐어요.
엄마는 내 뒤통수가 예뻐지라고 나를 엎어서 키웠는데
그럴 때마다 외할매는 '알라 불쌍하고로!' 하며
나를 다시 바로 눕혔대요.
엄마는 몰래 엎고 할매는 몰래 뒤집고
엄마는 또 몰래 엎고 할매는 또 몰래 뒤집고

납작한 듯 아슬아슬하게 솟은 내 뒤통수를 만져보면
젊은 모녀의 귀여운 아옹다옹하는 모습이 떠올라
웃음이 나와요.

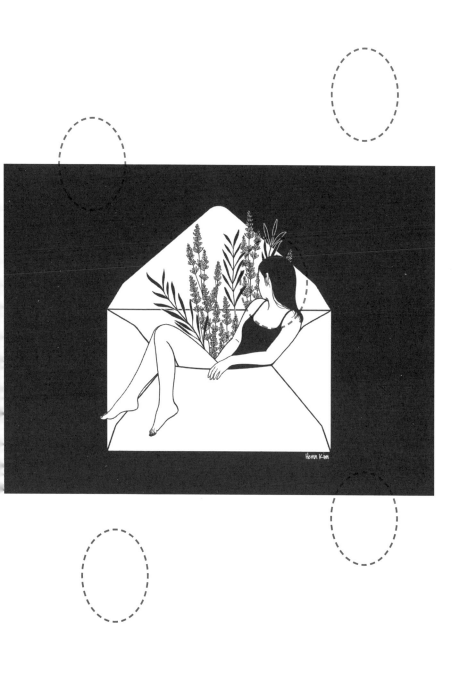

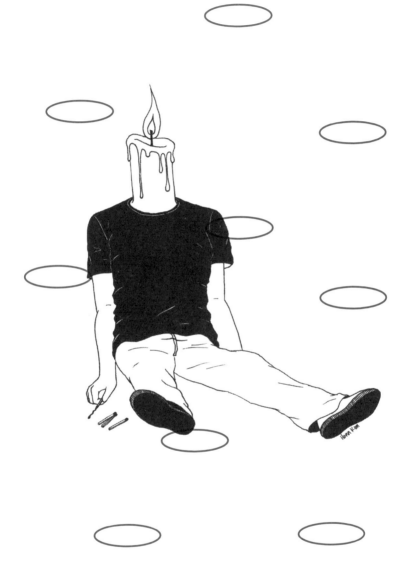

아폴로 눈병

아폴로 눈병이 유행하던 2002년 여름
나는 고등학교 1학년이었어.
어느 날 친구 녀석 하나가 학교를 안 와서
선생님께 여쭤봤더니
눈병에 걸려서 못 나오는 거라고, 너도 조심하라고.

친구에게 전화를 걸었더니
"야, 아프긴 졸라 아픈데 그래도 학교 안 나가는 게 어디냐."
그 후 몇몇 친구가 아폴로 눈병 증상을 호소했어.
그러면 우리들은 "우와, 좋겠다" 하며 부러워하다가
급기야는 그 시뻘건 눈에서 나오는 눈물을 자기 눈에 바르기도 하고
양호실 문손잡이에 눈을 비비기도 하며
기어이 아폴로 눈병에 걸리고 말았지.

잔단서를 끊어다가 선생님께 드리고
결석 허가증을 받아 나오는 발걸음이 어찌나 가볍던지.

다음 날 우리는 모두 한쪽 눈에 안대를 하고 피시방에 모여
눈물과 고름을 줄줄 흘리며 스타크래프트를 했고
대부분의 우리가 눈병에 걸리게 되자 학교는 결국

휴교령을 내리고 말았지.

재미있는 추억이지만 돌이켜 생각해보면 조금 슬퍼.
그렇게나 다니기 싫었던 학교에서
그렇게나 하기 싫었던 공부를 해야 했던 시절이.

굳은살

기타리스트의 손끝 굳은살
레슬링 선수의 만두 귀*
발레리나의 울퉁불퉁한 발가락
소리꾼의 걸걸한 성대.

노력의 대가로 상처를 얻고 아물고 또 상처를 얻고 아물었던
그 아름다운 흔적이 한편으로 안쓰러울 때가 있다.

중학교 3학년 어느 날 저녁
내 오른손바닥과 손목이 이어지는 부분에 생겨난
굳은살을 발견한 우리 엄마.
우리 아들이 연필 들고 공부를 이렇게 열심히 했냐며
맨날 공부로 닦달해서 미안하다며 눈물을 글썽이시는 모습을 보며
나도 하마터면 눈물이 날 뻔했다.

사실 그날은 내가 처음으로
스타크래프트로 컴퓨터 일곱 대를 이긴 날이었다.

그 굳은살의 출처가 독서실이나 학원 자습실이 아니라
피시방이었다는 사실은 아직까지 비밀이다.

* **만두 귀**: 이종격투기, 유도, 레슬링 등
선수들의 귀에 잦은 충격이 가해지며
변형된 모습을 일컫는 말.

Dear. Big Men

조인성 핏을 기대하며 야심차게 장만한 슈트를 입고 거울을 봤는데
웬 야쿠자 행동 대장이 서 있어서 서글펐던 형제들이여.
미팅이나 술자리 합석을 할 때 재미있는 이야기로 아무리 웃겨봐야
전화번호는 옆자리 잘생기고 몸 좋은 친구에게 주는 여자애를 보며
속으로 눈물을 삼켜야 했던 형제들이여.
그런 날에도 우리, 스스로를 탓하지는 말지어다.
우리는 단지 시대의 희생양일 뿐이다. 빅사이즈 형제들이여.

김남훈이라는 남자가 있다. 직업은 프로레슬러 겸 격투기 해설가.
기업과 대학에서 강연을 하기도 한다. 나는 그가 진행하는
라디오방송의 패널을 맡기도 했고, 그의 강연에서 앞풀이 공연을
하기도 하며 친해졌다. 183cm, 120kg의 거대한 신체 스펙의 그와,
그를 대각선으로 드래그 해서 조금 줄여놓은 사이즈의 내가 함께
다닐 때면 그의 지인들은 나를 보고 "어이쿠야, 레슬러 후배신가 봐요"
하고, 나의 지인들은 "야, 네가 귀여워 보이기는 처음이다" 한다.

항상 중년 유아인이라는 말도 안 되는 별명을 스스로에게 붙이지만,
사실 그에게서는 그 어떤 외모적 콤플렉스도 찾아보기 어렵다.
링 위에 서기에는 오히려 조금 작아 아쉬울 뿐. 타고난 외모를
캐릭터로 활용하며 효율적으로 살아가고 있다. 다방면으로 결코

얕지 않은 지식과, 아주 민첩하고 날카로운 언변을 구사하는 그를 모른 채, 강단에 서거나 방송을 할 때마다 '저렇게 생긴 사람이 무슨…' 같은 생각을 하는 사람들을 수도 없이 마주했을 것이다. 그들 앞에서 그는 여유롭게 웃어 보이며 프라이팬을 꺼내 종잇장처럼 구겨버린다. 마치 '그러든지 말든지!' 하는 것처럼.

어느 날, 함께 섰던 강연 무대에서 그는 "원시 수렵시대에 태어났다면 아마 저를 사방 백리 모든 집에서 사윗감으로 탐냈을 겁니다!"라고 호기롭게 외쳤다. 모두가 웃는 가운데 나 역시 동의와 지지의 박수를 보냈다. 지금보다 더욱더 몸으로 살던 시대였을수록 그와 나의 '미모'에는 높은 값이 매겨졌을 것이다. 삼국지에 나오는 오나라 승상 주유. 용모가 빼어나서 '미주랑(아름다운 주씨 도련님)'이라고 불리었다는 그의 모습이 궁금해 구글링을 해보니, 옛날 중국인들이 그려놓은 그의 바디라인은 내 것과 큰 차이가 없었다.

그렇게 20세기씩이나 거슬러 올라갈 필요도 없이, 지금도 연세가 있는 어른들은 내 외모를 자주 칭찬한다. 우리 집에 놀러오는 할머니 친구분들은 "손주가 볼 때마다 참 잘생겼데이" 하시고, 엄마가 편찮으실 때 잠시 집안일을 봐주러 오시던 이모님도 반바지를 입고 돌아다니는 나의 허벅다리를 보고는 "아이고, 이 집 아들래미 허벅지 실한 것 좀 보게. 이만기 같네! 이만기!" 하셨으니.

다행스럽게도 지난 몇 년간 거의 모든 분야에서 레트로 열풍이 불어왔다. 이는 앞으로도 계속될 전망이다. 거대한 유행의 사이클이 돌고 돌아 머지않아 우리 빅사이즈 형제들에게도 서광이 비칠

것이다. 조금만 기다리면 <u>조인성의, 유아인의, 송중기의 시대가 저물고</u>
<u>김남훈과 강백수, 그리고 우리 형제들의 시대가</u> 다시 도래하리니
조금만 기다리자 형제들이여. 이왕이면 김남훈처럼 당당하게.

나도 가수다

전 소속사에 있을 때, 사장님이 걸그룹 데뷔를 앞둔
연습생들에게 말했다.
"이제 데뷔 얼마 안 남았으니까, 체중 관리 힘들어도 조금만 더
버티자."
내 체중 반도 안 나갈 것 같은 저 가냘픈 아이들이 안쓰럽다 생각하던
그때
"그리고 백수도 이제 앨범 준비해야지."
하신다.

뜨끔한 나는 가만히 배를 내려다보며
"휴, 저도 살을 좀 많이 빼야겠지요?"
했더니
"응? 살? 네가 왜? 넌 곡을 써. 좋은 곡."

어쩐지 의아한 기분이 들었고, 그 의아함은 최근에야 풀렸다.

소속사를 옮겨 새로운 회사에서 새 앨범 녹음을 끝마치고 발매를
기다리며 쉬고 있던 어느 날이었다. 지금의 사장님과 술을 한잔하는데
"요즘은 뭐하고 지내?"
"살 빼고 있어요."

"그래? 꼭 빼야 되나?"

"왜요? 저 뚱뚱하잖아요."

"아니, 뺀다고 잘생겨질 것도 아닌데 굳이 뭘⋯."

아, 그런 거였구나.

예쁜 게 장땡이야

— 형, 저도 문신 하나 하려고요.

— 그래? 어디다가?

— 여기 팔에다요. 근데 뭘 새겨야 할지 모르겠어요. 의미 있는 걸로
하고 싶은데.

— … 야, 하지 마.

내게는 몸에 작은 문신이 몇 개 있다. 가끔 그 의미를 묻는 사람이
있는데, 그게 참 난감하다. 오른팔에는 "Difference is not evil"이라는
글을 새겼다. 저렇게 치기 어린 표어를 새길 수 있었던 이유는 그때
내가 스물한 살이었기 때문이다. 당시 싸이월드에 쓰던 글들은
온갖 오그라드는 감성과 유치한 반항심으로 가득했다. 나는 그걸
싸이월드에만 썼어야 했다.

스물아홉 살, 왼팔에 새긴 문신은 의미가 없다. 친한 타투이스트인
이랑 형에게 "아무거나, 예쁜 거 새겨주세요. 태양 같은 거 예쁘잖아요"
해서 형이 그려준 도안이다.

왼팔에 새긴 문신이야 "그냥 보기 좋은 거 새긴 거예요" 하고 넘어가면
되는데, 꼭 그러고 나면 오른팔 문신의 의미를 묻는다. 레터링이라
대충 둘러대기도 뭐해서 나는 얼굴이 빨개진 채 대답한다.

"하하, 그때는 저 말이 그렇게 멋있더라고요."

"왜요? 멋있는데요?"

해도, 그걸 설명하는 나는 언제나 민망하다.

― 야, 의미 있는 거 하지 말고 그냥 이쁜 거 새겨. 신념 같은 건 시간 지나면 바뀔 수도 있고, 말하기 부끄러울 수도 있는데 이쁜 건 계속 이쁘거든. 문신은 그냥 이쁜 게 장땡이야.

살 좀 빼

거울을 볼 때마다 '살 빼야지' 하다가도
누가 '살 좀 빼'라든가
'너는 살만 좀 빠지면 진짜 멋있을 거야'
라고 말하면 기분이 더러워진다.
그걸 충고라고 하는 건지, 그냥 갈구는 건지.

어떻게 타인의 신체에 대해 그렇게 아무렇지도 않게
이래라저래라 할 수 있는 거지?

뚱뚱한 누군가는 분명
살을 빼고 싶은 생각이 없거나
살을 빼고 싶지만 그게 잘 안 되거나
이미 살을 빼고 있거나.

어느 쪽이건 당신의 오지랖은 쓸모가 없다.

가족력

언젠가 아버지와 함께 검진을 받으러 병원에 갔다.
의사는 내 혈압이 높다며 약을 처방해주었다.
"뭐 평생 먹어야 하는 약이긴 한데, 괜찮아요.
관리 차원에서 먹는 거니까."

아버지의 표정이 안 좋았다.
"얘 아직 이십대인데 좀 이른 것 아닙니까?"
"아니에요, 아버님께서도 드신 지 꽤 오래된 걸로 알고 있는데요?
이런 건 가족력이에요. 어차피 피해갈 수 없어요."

걱정할 일이 아니라고 하는데도 아버지의 굳어진 표정은 풀어지지
않았다. 병원에서 나와 담배를 한 대 피우며 아버지는 말씀하셨다.

"느그 할아버지도 혈압이 있었는데. 니는 닮을 게 없어서 이런 걸
닮아. 괜히 미안하게."

나는
"어쩌겠어요, 아버지 아들인걸" 하고 대답하고는
언젠가 태어날지 모를 내 자식과 아버지와 나까지 셋이 나란히 앉아
혈압약을 먹는 상상을 했다.

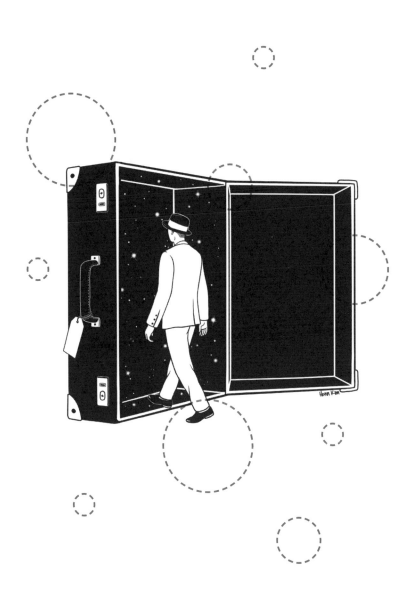

하고 싶은 걸 못하는 것

온 가족이 함께 절에 가던 4월 초파일
언제나 선두에서 산을 타던 분은 바로 우리 할매.
동네 할머니들이 부러워하는 탄탄한 장딴지로
경사로건 돌밭이건 아랑곳하지 않고 타박타박 잘도 올라가던
우리 할매.

관광버스 타고 강원도에 가 설악산도 오르고
비행기 타고 제주도에 가 한라산도 오르고
국경 너머 중국에 가 백두산에도 오르던 우리 할매가
5년 전쯤 고작 봉고차에 오르다가 발을 헛디뎌 허리가 부러졌다.

아무리 우리 할매라도 할매는 할매인지라
수술한 자리에 뼈가 붙기까지는 2년 남짓 걸렸고
3년이 지난 지금까지도 옛날처럼 다니지는 못한다.

그렇게 산 좋아하고 어디 다니길 좋아하는 우리 할매
지난 5년 동안 그 전의 20년만큼 늙으셨다.

하고 싶은 걸 못하는 것
좋아하는 것에서 멀어지는 것은

이토록 서글프다.

늙는다는 것은 하고 싶은 것과 좋아하는 것으로부터
멀어지는 일이지만,
하고 싶은 것과 좋아하는 것으로부터 멀어져서
늙기도 하는 모양이다.

눈물도 상속이 되나요

엄마는 얼굴에 점이 많았다.
어느 날 병원에 가서
그 점들을 모조리 레이저로 태웠지만
눈 밑에 눈물 점은 이내 다시 생겨났다.

항암치료로 고생하시던 어느 날 밤
가만히 내 얼굴을 보다가 엄마는 말했다.

"우리 아들도 여기 점이 있네. 이건 눈물 점이니까 나중에 꼭 빼자.
안 빼면 계속 울 일이 생긴대."

내 눈물 점은 다행히 다시 돋아나지 않았지만
엄마 제삿날만 되면 자꾸만 또 눈물이 난다.

엄마는 기어이 그 눈물을 물려주고 말았다.

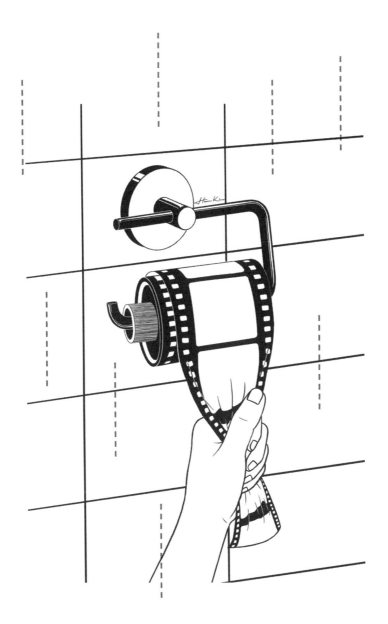

화장 火葬

발인이 끝나고 도착한 곳은 벽제 화장터. 유리벽 너머로
엄마의 관이 놓여 있고, 하얀 장갑을 낀 장례 지도사는 우리에게
정중히 인사를 했다. 이윽고 가마의 문이 열리고 엄마의 관이
그 안으로 들어갔다. 엄마는 이미 떠났고, 남은 것은 그저 엄마가
머물렀던 껍데기일 뿐이지만, 아무래도 엄마의 몸을 화장한다는 것은
억장이 무너지는 일이었다. 나는 정신없이 오열을 하다가,
정신을 차려보니 장지로 향하는 차에 타고 있었고, 유골을 담은
작은 항아리 하나가 품에 안겨 있었다.

작은 항아리 안에 들어 있는 것이 무엇인지 실감이 안 나서
멍하니 바라보고 있는데, 아버지께서 말씀하셨다.

"아빠는 속이 다 시원하다. 느그 엄마 얼마나 고생했냐.
수술하느라 고생한 몸이랑, 그 안에 엄마 괴롭히던 암 덩어리랑.
다 태워버리니까 차라리 기분 좋다.
이제 아프지도 않고 얼마나 편하겠냐. 느그 엄마."

살면서 가장 힘들었던 순간에 들은
살면서 가장 탁월했던 위로의 말이었다.

"그러네."

그제야 비로소 나도 마음이 편해졌다.

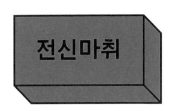

전신마취

옷을 갈아입고 바퀴 달린 침대에 누웠다. 천장을 스쳐가는 형광등을 바라보며 수술실로 향했다. 의사와 간호사가 나의 맹장을 떼어낼 준비를 하고 있었다. 이윽고 간호사가 무슨 마스크 같은 걸 씌우고는 팔에 연결된 관에 주사기를 꽂으며 말했다.
"마취약이에요. 잠들 거예요."

나는 "바로 잠드나요?"라고 물으려 했는데 '바로'까지 말하자마자 천장이 한 바퀴 빙 돌았고 잠시 눈을 감았다 뜨니 회복실이었다. 자고 일어난 기분이랑은 달랐다. 스르륵 잠들기까지의 과정도 없었고, 시간이 흘렀다는 느낌도 없이 그저 눈을 감았다 떴는데 몇 시간이 훌쩍 지나 있다니.

그때 나는 지긋지긋한 이십대, 남들은 청춘이네 뭐네 하지만 그저 불안하기 만한 그 시절이 눈 감았다 뜨면 휙 하고 흘러가 있었으면 좋겠다고 생각했다.

그리고 정말로 그렇게 되었다.

회복실에서는 내내 메스꺼웠고, 머지않아 슬슬 수술 부위가 아파오기 시작했다. 삼십대의 시작도 그와 똑같은 느낌이었다.

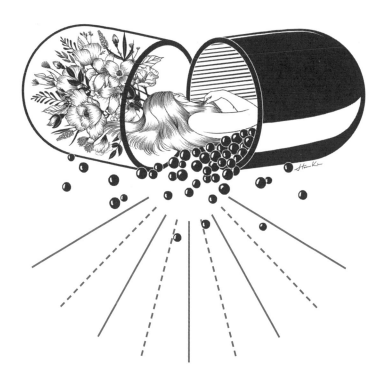

서른쯤의 변화

발톱을 깎는 데 순발력이 필요해졌다.
'흐읍' 하고 숨을 참으며, 다음 호흡이 간절해지기까지의 그 찰나에
발톱 하나를 온전히 깎아야 하는 것이다.

신발 끈이 풀리면 계단을 찾는다.
평지에서 운동화 끈을 묶는다는 것은 매우 위험한 일이다.
서서 묶자니 발톱을 깎을 때와 같은 익스트림한 상황이 펼쳐지고
쪼그려 앉아서 묶자니 무릎과 발목이 나갈 것 같다.

팬티로 허세를 부리지 않게 되었다.
캘빈클라인 팬티는 바지 위로 올라오는 밴드가 포인트인데
이제는 항상 밴드가 접혀서 잘 보이지 않게 돼 무의미해졌다.
그냥 싸고 착용감 좋은 걸 입게 되었다.

카페에 가면 쿠션을 집어 든다.
벌어지는 셔츠 틈새를 가리기 위해 꼭 필요하다.
자리에 쿠션이 없으면 배 위에 외투나 가방을 올린다.
낮은 의자보다는 높은 의자를 선호하게 된다.

앉아서 독서를 하게 되었다.

원래 독서는 침대에 엎드려서 하는 것이 최고였는데
이제는 엎드리면 독서고 나발이고 일단
숨을 쉬는 것에 애로 사항이 꽃핀다.

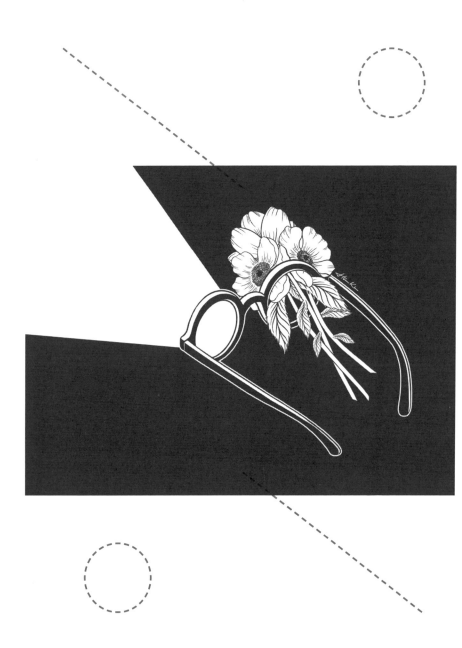

할머니 스웨그 SWAG

나는 동생과 거실에서 텔레비전을 보고 있었고
할머니는 놀러 온 친구분들과 안방에 계셨다.
방문 너머로 들려오는 이야기 소리.

"내는 요새 허리가 아파서 고마 죽겠심더."
"하이고, 허리 안 아픈 할매가 어디 있는교. 내는 요새 소화도 안 되가
뭐 묵지도 몬하겠심더."

오늘도 역시 할매들의 '죽겠심더' 배틀.
한 할머니가 정점을 찍었다.

"됐소, 내는 마 안 아픈 데가 없어가 고마 죽을라나 봅니다."

피식, 하고 우리는 웃음이 터지고 동생이 물었다.
"아니, 할머니들은 왜 저런 걸로 경쟁하는 거야?"
"저게 할매들 나름 스웨그야. 왜 힙합 뮤지션들 서로 센 척하는 거,
그런 거랑 똑같은 거야. 말로는 '죽어야지' 하면서, 얼마 전에 우리
할매랑 저 할머니들 다 같이 속아서 무슨 만병통치약 같은 거
사왔다가 아버지한테 한 소리 들었잖아."

몇 해 전 할머니 팔순 잔치에 '김영선 여사 산수연'이라는 현수막이 걸려 있는 걸 봤다. 산수연(傘壽宴)이란, 옛날 할머니들이 팔순이 되면 부끄러워 얼굴을 가리고 다닌 것에서 유래되었다고 한다.
'늙으면 죽어야지' 하는 건 단지 아주 오래된 말버릇인 것 같다.

아니 귀여워서 그런 건데

그녀가 울었다.

아침에 일어나 그녀에게 입을 맞추려고 하는데
밝은 햇살이 비춘 그녀의 얼굴에 낯선 녀석이 보였다.
"자기야! 자기도 콧수염이 있네?"

그녀는 황급히 이불로 얼굴을 가리고
나는 그 이불을 끌어내리면서 낄낄거렸다.
"왜 그래 한 번만 더 보자! 뭐야, 자기 남자였어?"

아침을 먹으면서도 나는 계속 놀렸다.
"김흥국! 흥국아!"

결국 그녀는
"그만 좀 해! 진짜!"
하더니 눈물을 쏟고 말았다.

귀여워서 놀린 건데 그녀한테는 상처였나 보다.
하여간 나는 '적당히'를 몰라서 문제다.

나는 그대가 왜 이렇게 좋을까요

그녀 집 침대에 나란히 누워 발가락을 꼼지락대며 케이블 영화 채널을
본다. 술을 많이 마신 남녀 주인공이 현관에서부터 거칠게 키스를
하고 침대에 쓰러져 드디어 거사를 시작한다. 캔 맥주를 한 모금 마신
그녀가 내게 묻는다.

"가슴 진짜 크다, 그치?"
"그러게."
"오빠도 가슴 큰 여자가 좋아?"
"아니, 난 상관없는데."
"에이, 솔직히 크면 좋잖아."

왜 그녀는 솔직하게 대답할 수 없는 질문을 하면서 솔직하게
대답하라고 하는 걸까?

"보통 그렇지 뭐."
"근데 왜 남자들은 여자 가슴을 좋아하는 거야?"

그러게, 솔직히 나는 가슴이 좋은데, 그래서 가슴 큰 여자가 지나가면
눈이 확확 돌아가는데, 왜 그런 건지는 잘 모르겠다. 그냥 지방 덩어리
두 개가 왜 우리의 마음을 이토록 설레게 하는 걸까. 아무리 생각해도

명쾌한 답은 떠오르지 않는다.

"오빠 내가 왜 좋아? 가슴도 작은데."
"왜가 어디 있어. 그냥 좋으니까 좋은 거지."

정답을 찾은 것 같았다.
좋으니까 좋은 거지. 가슴도, 너도.

기생수

존슨. 그는 나와는 전혀 다른 인격체.
그래, 만화 〈기생수〉에 나오는 '오른쪽이'처럼
분명 내 몸에 붙어 있지만 내 마음대로 지배할 수 없는 존재.
오히려 가끔 그가 나를 지배하려 할 때면
내가 그에게 몸과 마음의 통제권을 빼앗기지 않기 위해
애를 써야 한다.
그가 벌떡 일어서는 것도, 힘없이 눕는 것도 온전히 그의 마음.
내 의지로 가능한 일이 아니다.
술을 많이 마신 어느 밤에는 아무리 깨워도 일어나지 않기도 하고
또 그러지 말아야 할 순간에 우뚝 서서 자신의 존재감을
마음껏 뽐내기도 한다.

그날 아침 K의 존슨이 그랬을 것이다.
대학 신입생 시절의 첫 MT
밤새 술을 먹다가 지쳐 까무룩 잠이 들었다.
남들보다 오래 마신 터라 늦게까지 잠들어 있던 그를 보고
한 여학생이 기겁을 했다.
대 자로 누워 곤히 잠든 그는 밤에 편하게 놀겠다며
회색 추리닝 바지를 입고 있었고
혈기왕성한 스무 살이었고

096

언제나 그랬듯 그의 존슨은 아침이면 그보다 먼저 기상해서
한껏 자유롭게 기지개를 켜고
그로 인해 그의 다리 사이에는 높다란 삼각형 텐트 하나가
우람하게 건설돼 있었던 것이다.
의리 있는 남학생들은 낄낄대면서도 그의 하반신에 잠바를 하나
덮어주고는 최선을 다해 그를 변호했지만
여학생들의 머릿속에 자리 잡은 두 글자, '변태'를 완전히
지워내기에는 역부족이었다.

스무 살이라 숙취도 없이 개운하게 일어난 그는
라면도 끓여 먹고, 어제에 이어서 마피아게임도 하며
즐거운 시간을 보내고 싶었지만
어쩐지 그의 옆자리에는 여학생들이 앉지 않았고
돌아오는 버스에서까지 무언가 어색한 분위기가 느껴졌다.
<u>아직까지도 그는 그날의 내막을 모른다.</u>

첫,

부엌칼 엉덩이로 마늘을 빻을 수 있다는 것을 알게 됐을 때처럼
못을 박을 때 머리빗으로 못을 잡을 수 있다는 것을 알게 됐을 때처럼
나무젓가락으로 짜장면 비닐을 비벼서 벗겨낼 수 있다는 것을
알게 됐을 때처럼
커터 칼 꽁무니로 다 닳은 날을 잘라낼 수 있다는 것을
알게 됐을 때처럼
치약으로 욕실 얼룩을 제거할 수 있다는 것을 알게 됐을 때처럼
살충제로 화이트보드의 유성 펜 자국을 지울 수 있다는 것을
알게 됐을 때처럼

내 몸에 그런 기능이 있었다는 사실에 감탄하던 밤이 있었다.

구레나룻: 고작 그까짓 게 권력의 상징이었던 시절

★ **구레나룻**: 「명사」 귀밑에서 턱까지 잇따라 난 수염.

신라 시대에는 이가 많은 것이 권력의 상징이라
우두머리를 '이사금'이라 하였고
그것이 나중에는 '임금'이 되었다고 한다.

아니 도대체 이가 많은 게 권력이랑 무슨 관계라고?

그러나 그런 얼토당토아니한 권력의 상징은
언제나 주변에 도사리고 있다.
이를테면 2001년, 내가 중학교 3학년 때 우리 학교 잘나가는 녀석들의
'구레나룻'.

그놈의 구레나룻이 뭔지 그걸 그렇게 애지중지하고
두발 검사로부터 사수하겠다고 선생님만 보이면 귀 뒤로 넘겨
감춰가며 가슴을 졸였던가.

'구렛나루'가 아니라 구레나룻이 맞는 말이라는 것도
그리고 실상 우리의 그 털은 구레나룻도 아니었다는 것을 알았을 때는
그 시절의 권력이라는 것이 얼마나 유치한 것인지 깨달은 뒤였다.

아마 나중에도 그럴 거다.

지금 아등바등하고 있는 것들이 유치해 보이고 부질없어 보이고.

펀치 머신

북한산에 등산을 갔다가 익숙한 광경을 목격했다. 아웃도어 옷을 입은 아저씨 아줌마 무리가 막걸리에 얼큰하게 취해 있었다. 그중에 한 아저씨가 어떤 까닭에서인지 무거운 돌 하나를 번쩍 들어 올렸다. 아줌마들이 박수를 치고 다른 아저씨들도 질 수 없는지 돌아가며 그 돌을 들어 올렸다. 그러다 한 아저씨 '흐읍!' 하고 힘을 주더니 '악!' 하고 주저앉는다. 허리를 다친 아저씨는 다른 아저씨들의 부축을 받으며 산을 내려왔다. 부축하는 아저씨들은 어쩐지 의기양양했고, 다친 아저씨는 세상에서 제일 초라한 얼굴을 하고 있었다.

이놈의 힘자랑은 나이를 가리지 않는구나.
학교 앞 술집 거리에 있는 펀치 머신이 떠올랐다. 우리 학교 앞 뿐만 아니라, 혜화동에도 있고 신촌에도 있고 건대에도 있다. 어지간한 대학가 술집 거리에는 적어도 하나씩은 다 있다. 학기 초마다 그걸 때리다가 손목이 부러져서 나타나는 아이들이 꼭 하나둘 있었다.

우리도 결국은 수컷이라 그런지, 왜 힘자랑에서 지면 그토록 자존심 상해하는 건지. 술이 좀 들어가면 반드시 한 녀석이 호기를 부리며 동전을 넣는다. 옆에 지켜보는 여자애들이라도 있으면 호기는 객기가 되고, 기계를 향해 내뻗는 주먹에 혼신의 힘이 실린다.

이긴 놈, 진 놈, 다친 놈, 한 판만 더 하자고 오기를 부리는 놈.
여자애들이 볼 때는 원시 수렵사회에서 현대 문명사회로의 진화가 덜
된 짐승들일 진데, 다음 날 생각해보면 우리도 그걸 알고 부끄러워할
텐데, 그 순간 만큼은 그놈의 펀치 스코어가 자존심이다.

펀치 머신만 치면 다행이다. 이놈의 힘자랑이 과열되다보면
짐승으로서의 본능이 한층 더 증폭되는지, 꼭 뒤엉켜 싸우는 놈들이
생긴다. 때린 놈은 손이 부러지고 맞은 놈은 이가 부러지는
이 비효율적인 힘자랑. 이런 짓을 왜 하는지는 묻지 마라.
그들도 모른다. 그저 테스토스테론이 시키는 대로 했을 뿐이다.

해시태그

인스타그램 친구 추천 목록에 뜬 낯선 남자의 사진이
어쩐지 어디서 본 얼굴 같아서 클릭했다가
이내 너라는 걸 알 수 있었지.

고등학교 때 같은 반이었던 너는 항상 자신감이 없었어.
사람들과 어울리길 좋아하지 않았고, 항상 입을 가리고 웃었어.
주목받는 걸 즐기지 않았고, 그저 있는 듯 없는 듯.

쉽지 않지만 알아볼 수 있었지.
흔한 이름도 아니고, 사는 동네도 그대로더라.
보험 쪽 일을 하고 있다는 이야기는 들었어.
지난달 보험 판매왕이 되었다고 올린 사진을 보고 너인 걸 확신했지.

어찌어찌 알아볼 수는 있었지만, 그래도 많이 변했더라.
피부가 좋아진 건 그렇다 치고, 안경을 벗은 것도 그렇다 치자.
사실 너의 콧날은 그렇게 날카롭지 않았고
눈도 앞트임에 쌍꺼풀을 하기 전엔 그렇게 크지 않았잖아.
치아도 흠잡을 데 없이 가지런해졌고
강남에서 보기 흔한 얼굴이 되기는 했지만 잘생겨졌더라.
몸도 많이 좋아졌고, 그걸 아는지 벗고 찍은 사진이 많았어.

팔로워도 많고, 댓글을 다는 사람들도 많고, 좋아요도 많이 받았고
그렇게 찾은 자신감 덕에 보험왕도 되고
즐겁게 지내고 있는 것 같아 보여.

그런데 사실 나는 너의 낯선 이목구비와 상의를 벗은 사진과
그 밑에
#인친 #소통 #맞팔 #서울 #강남 #몸짱 #얼짱 #얼스타그램
#셀스타그램 #남자 #여자
줄줄이 달린 수많은 해시태그들이 조금은 쓸쓸해 보여.

떨어지는 꿈

최근에 좀 일이 많았는데, 겨우 끝내놓고 단잠을 자고 있었다.
분명히 가만히 침대에 누워 있었는데
어디론가 뚝 떨어지는 기분이 들어 화들짝 깼다.
한번은 지하철에 앉아 졸다 또 떨어지는 느낌에
푸드덕 몸서리를 쳤다.

고등학교 때는 더 자주 그랬다.
일주일에 몇 번씩 떨어지는 꿈을 꿨고
학교 책상에 엎어져 자다가 우당탕하며 발작을 하는 애들이
매일 두어 명은 있었다.
그럴 때마다 어른들은 "떨어지는 꿈꾸면 키 큰대. 축하해."

이 나이에도 키가 크려고 이러나 싶어 검색을 해보니
너무 피곤할 때 몸보다 뇌가 먼저 잠이 들며 일어나는 현상이라고.

그래서 그렇게 말을 했구나.
그토록 피곤해질 때까지 공부를 시켜놓고는
미안해서 위로하려 했거나
안심하고 더 공부하게 하려 했거나.

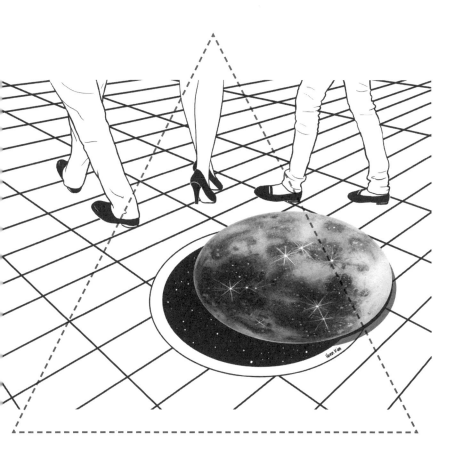

맹장 수술

헤어지던 날에야 비로소
네가 언제나 거기 있었다는 사실을 알게 되었다.

며칠쯤 아프고 나면
나는 이내 아무렇지도 않게 살아가게 될 것이다.

열다섯 첫사랑의 착각

잘 익은 여드름을 짤 때
발바닥의 물집을 바늘로 터뜨릴 때
며칠 뒤 그 껍질을 벗겨낼 때
모기 물린 자리를 긁고 딱지를 뗄 때
이 사이에 낀 오징어를 뺄 때
단단한 변을 한 번에 쓱 밀어낼 때
심지어 휴지에 아무것도 묻어나지 않을 때
발톱 사이에 낀 양말 보풀을 뺄 때
콧구멍 속의 왕건이를 파낼 때
콧등 위의 블랙헤드를 뽑아낼 때
데이트 내내 참았던 방귀를 집에 오자마자 뿜어낼 때

너도 고작 그런 순간에
이토록 강렬한 환희를 경험할까?

너처럼 예쁜 아이가.

애송이의 이별

철없던 시절에는 별것 아닌 것에 반하고 별것 아닌 것에 변했다.
이십대가 시작되고 얼마 되지 않아 만났던 그녀와의 관계는
결국 그녀의 통보로 끝이 났지만
사실은 내가 끝낸 것과 다를 바 없다.
마음이 시들했던 내가 매사에 시큰둥했기 때문에
그것을 못 견딘 그녀가
끝내 나를 포기하고 만 것이다.

여러 가지 이유를 댔다.
나는 군대도 가야 하고, 돈도 없고, 그리고….

차마 말할 수 없었다.
어느 날 우연히 그녀의 무릎을 베고 누웠다가
그녀 콧구멍 속 커다랗고 노란 코딱지가
가느다란 코털을 붙잡고 매달려 있는 것을 보고 말았다고.
그날 이후로 그녀를 볼 때마다 그 장면이 떠올라
마음이 식어버렸다고.

이제는 사과하고 싶은 지난날.

남중, 남고를 나와서

여자를 별로 본 적이 없어서

여자도 사람이라는 걸 잘 몰라서 그랬다고.

비나이다

그녀의 뺨에 붙은 속눈썹을 떼어 내밀며 그가 말했다.
"불면서 소원 빌어. 이뤄진대."

후, 하고 입김을 내뿜자 날아가는 속눈썹을 보며
그녀는 소원을 빌었다.
'나머지 속눈썹은 오래 붙어 있게 해주세요. 이게 얼마짜린데요.'

그녀는 어제 6만 원을 주고 속눈썹 연장술을 받았고
보통의 남자들이 그렇듯 그는 이런 고충을 알지 못했다.

오묘한 세계

아직도 풀리지 않는 미스터리 하나.

여름방학이 끝나고 개강 날 아침
"대박! 언니 완전 예뻐졌어요!"
"응? 그래?"
"눈썹 달라졌는데요? 그렇게 그린 게 훨씬 나아요!"
"오… 좀 세 보이진 않아? 산 조금 깎을까 하는데."
"아뇨. 지금 딱 좋아요. 펜슬은 뭐 썼어요?"

유심히 보지만 나는 아무리 봐도 뭐가 달라진 건지 모르겠더라.
방학 전에 올린 그녀의 페이스북 사진과 비교하면서 봐도
도대체 차이점을 모르겠는데
저걸 알아보다니….

남자를 좋아하는 K 군에게 건네는 위로

〈가요톱10〉에 나오는 '서태지와 아이들'의 이주노 씨를 보고
우리 할머니는 기겁을 하셨어.
"아이고 사내놈이 귀를 뚫고 댕기고. 쯧쯧쯧."
그리고 스무 해쯤 지나니까 이제는 익숙해졌는지
내가 이따만 한 피어싱을 달고 다녀도 별말씀 안 하시더라.

그러니까 스무 해쯤 지나면 너도 괜찮아지지 않을까.
그냥 아직은 낯설어서 그런 거야 다들.
시간이 지나고 나면 "뭘 그런 걸 가지고 그렇게 유난을 떨었담!"
하면서 머쓱해할 거야.

힘 내.

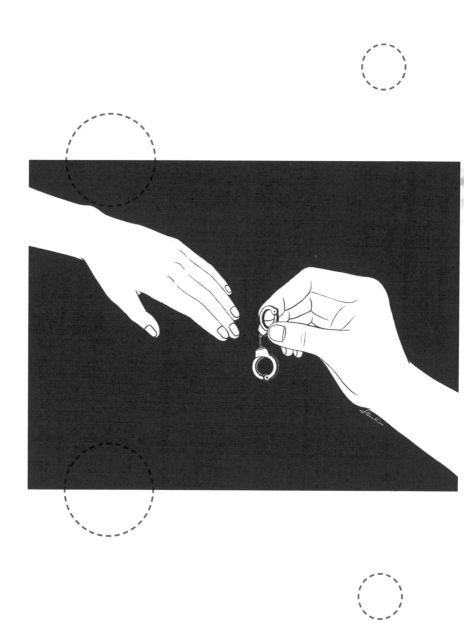

유행의 아이러니

국밥집 아줌마의 두 눈 위에 초록빛 굵직한 눈썹 문신.
하늘을 향해 승천하는 저 모양새
요즘 사람들은 절대 저렇게 안 그리지.
첨단의 유행일수록 시간이 지나면 촌스러워지는 것은
만고의 진리지.

뜻밖의 것들이 유행하는 미래를 상상해봤다.
모두가 쌍꺼풀 수술이 아니라 '홑꺼풀 수술'을 하고
겨드랑이 제모를 하는 것이 아니라 겨드랑이에 털을 심고
높은 코는 못생겼다며 코를 깎고
사각턱이 대세라며 턱에 보형물을 넣고
큰 가슴은 촌스럽다며 가슴에 지방분해 주사를 맞고

"우와, 저 사람 봐봐. 2016년에는 저런 얼굴이 유행이었대."
"말도 안 돼! 촌스러워!"

그렇게까지야 되겠냐마는
그래도 우리 모두 촌스러워질 거다, 언젠가는.

참된 희생정신

오랜만에 만난 친구와 지하에서 술을 마시다가
얼큰하게 취해 나오니
하늘에 구멍이라도 뚫린 듯 비가 쏟아지고 있었다.

"아이 씨. 나 이거 지난주에 샀는데."

가만 보니 며칠 전에 자랑하려고 SNS에 올렸던 그 구두다.
비싼 브랜드라는데 나는 뭐 들어도 잘 모르겠고

"야, 이거 금방 그칠 비는 아니야. 어떡하냐?"

친구는 잠시 망설이다가 구두를 벗어서 품에 안았다.
그러다 발 다친다고 말리자 녀석이 한 말이 묘하게 설득력이 있다.

"내 가죽은 다쳐도 낫는데, 얘 가죽은 상하면 안 낫잖아."

구두를 안고 택시를 잡으러 저 멀리 달려가는 녀석의 뒷모습을 보고
안도현의 시 한 구절이 생각났다.

— 너는 누구에게 한 번이라도 뜨거운 사람이었느냐.

수염을 기르는 이유

— 백수 씨, 그런데 궁금한 게 하나 있어요.

— 네, 말씀하세요.

— 백수 씨도 그렇고, 왜 예술 하는 남자들은 다 수염을 기를까요?
제가 아는 디자이너도 그렇고, 화가도 그렇고, 수염 기른 뮤지션도 진짜
많잖아요.

— 예술가의 훈장 같은 거 아닐까요? 사실 일반 직장인들은 수염
기르고 싶어도 기를 수가 없잖아요. '나는 이만큼 자유롭게 살아가고
있다, 수염이 자라는 것을 그다지 신경 쓰지 않아도 된다' 그런 과시욕
아닐까 싶어요. 그리고 저는 가끔 거울을 보면서 내가 무슨 일을 하는
사람인지 스스로 상기하기도 하고요.

··· 전부 다 뻥입니다. 사실은 매일 면도하는 것보다 수염을 다듬는
일이 훨씬 피곤한 일입니다. 그런데 수염을 기르는 까닭은···
얼굴이 작아 보이거든요. 수염 면적만큼. 자꾸 살이 쪄서 수염으로
라인을 그어주지 않으면 어디까지 턱인지 잘 몰라요.

몸의 기억

대학교 4학년이면 누구나 본다는 토익을 나도 한 번은 봐야 할 것
같았다. 시험 장소는 집 근처 고등학교. 매일 지나면서도 한번도
들어가본 적이 없기에 낯설었지만 책걸상만은 익숙했다. 철제 다리에
나무 상판, 이 책걸상은 규격이 정해진 건지 어딜 가나 똑같고, 시간이
지나도 똑같다. 고등학교 졸업하고 처음 앉아보니 기분이 이상했다.

낯선 기분도 잠시, 나는 이내 그 책걸상에 익숙해졌다. 시험을 기다리며
매일 재미없는 수학 시간마다 그랬던 것처럼 엎드려 있었다. 팔을
포갠 방식과 이마가 닿은 지점까지, 자세를 수정할 필요 없이 그때
그 자세였다. 시험을 보는 동안에도 학교 다닐 때랑 똑같은 자세로
이마를 괴고 있었다. 일부러 그런 것이 아니라 자연스럽게 그리된
것이다. 내가 그렇게 엎드려 있었는지, 그렇게 앉아 있었는지 머리로
떠올리려 했다면 하나도 기억하지 못했을 텐데, 몸은 이렇게 단숨에
기억해낸다.

기타를 처음 배울 때, 무슨 음인지 무슨 코드인지도 모르고 그저
달달달 외워서 연주했던 〈로망스〉. 운지를 말로 설명하려면 어느
플랫을 어떻게 짚어야 하는지 헷갈리지만, 기타를 쥐어주면 단숨에
연주할 수 있다.

친구들과 노래방에 갔던 어느 날에는 내가 H.O.T의 〈We Are The Future〉의 안무를 기억하고 있다는 사실을 깨닫고 화들짝 놀랐다. 초등학교 5학년 때 학교 장기자랑을 위해서 연습했던 곡이다. 좋아하던 여자애에게 잘 보이려고 얼마나 열심히 연습을 했던가.

몸의 기억이라는 것이 그렇게 무섭다. 뇌가 기억하는 것과는 비교도 되지 않는다.

그러니 나는 그녀의 행동을 오해하지 않겠다. 헤어진 지 1년 만에 만난 그녀. 밤이 늦도록 술을 마시다가 그녀를 집에 바래다주는 길에 그녀는 옛날과 똑같이 내 손을 잡았다. 그 역시 여전히 내게 어떤 감정이 남아 있기 때문은 아닐 것이다. 단지 몸에 남아 있는 기억 때문이겠지.

기말고사

벼락치기로 밤을 새우는 내내 나는 그리워했다.
푹신한 베개에 무거운 머리를 처박는 동시에
툭 하고 떨어지듯이 잠이 드는 그 순간.

아직 자면 안 되는데 자꾸 감기는 눈꺼풀을 부여잡고
어떻게든 시험 범위는 한 번 다 훑어야 했다.

공부의 끝은 타협.
다 알아서가 아니라 어쩔 수 없는 타협으로 책을 덮었다.
벌써 해는 중천에 떠 있고, 창을 커튼으로 가리고
드디어 침대에 누웠다.
잘 수 있는 시간은 겨우 두어 시간뿐인데
조금이라도 자야 시험을 볼 수 있을 것 같은데
그런데
이제는 왜 또 잠이 안 오는가.

나는 아마 조금 더 잠을 설치다가
한 시간쯤 자다가
5분 간격으로 울리는 알람을 네 번쯤 듣고
머리도 못 감고 시험을 볼 것이다.

자면 안 되는 순간에 잠이 오고
자야 하는 순간에 잠이 안 오는
어처구니없는 생체리듬이여.

몸에도 온오프 스위치가 있었으면 좋겠다.

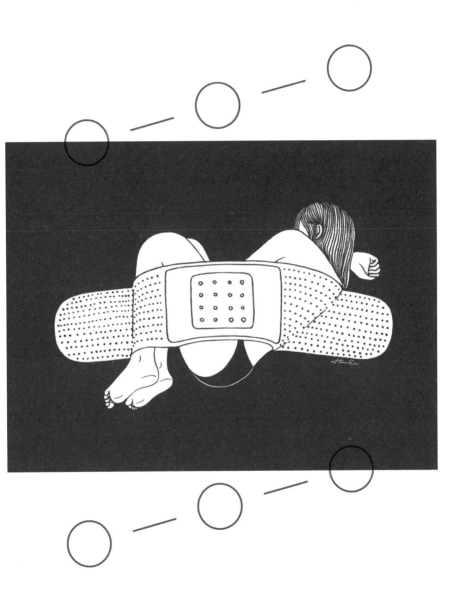

사랑을 뽑다

초등학교 때 유치가 빠지고 영구치가 나고 중학교 때 고추 언저리에
털이 나고 고등학교 때 턱수염이 난 후로 더 이상 내 몸에 '새것'은
안 생길 줄 알았다. 그런데 스무 살에도 새것이 생기더라.
그것도 네 개나.

첫사랑 같은 아픔이라 사랑니라 했던가. 정말로 첫 연애를 하고
있었는데, 길지도 않았던 그 기간 동안 네 개나 돋아난 녀석들이 나는
그럭저럭 견딜 만했다. 아프다가 나았다가를 반복하는 것은 몇 차례
반복했던 짧은 만남과 이별을 정말로 닮았다고 생각했다.

서른이 되자마자 사랑니를 뽑은 것은 무슨 세레머니 같은 느낌이었다.
피범벅이 되어 그로테스크한 모습으로 뽑혀 있는 사랑니를 보니 지난
10년을 뽑아낸 기분이 들었다. 이십대가 끝난 것도, 사랑니가 뽑힌
것도 하나도 아프거나 아쉽지 않았다. 이십대를 닫고 서른이 되어
돌아보니 사랑니와 연애는 사실은 하나도 안 닮았더라. 사랑니는
점점 자주, 더 강렬하게 아파왔다. 10년 전에는 이틀 정도 아프고
말던 것이 이제는 일주일을 간다. 반면에 만남과 헤어짐의 감각은
점점 무뎌지기만 한다. 누가 와도 그렇게 설레질 않게 되고, 헤어져도
그러려니 하게 되는 것은 나이를 먹으며 겪는 자연스런 현상이려나.
서글픈 일이다.

이제 사랑니가 없다.

사랑니와 함께 왔던 첫사랑. 나중에 안 사실이지만 내가 사랑니를 뽑던 그 무렵 첫사랑은 시집을 갔다.

그 또한 아무렇지도 않았다.

스케일링

얼마 전 술자리에서 만난 그녀의 직업은 치위생사.
예쁘고 세련된 그녀는 인사치레로 내게
"언제 스케일링이라도 한번 받으러 오세요" 했다.
혹시나 하는 마음으로 그녀에게 연락을 하고
그녀가 일하는 치과로 찾아갔다.
그렇게 나는 태어나서 처음으로 스케일링을 받았다.

밝은 데서 보니까 더 예쁜 그녀와 잠시 인사를 나눈 뒤
그녀는 내 입에 개구기를 끼웠다.
괴기스러워진 얼굴이 부끄러운데, 내 치아를 관찰하던 그녀,
"스케일링 처음이라고 하셨죠? 치석이 어마어마한데요?"

그냥 치석을 제거하는 작업이라기에 나는 그냥 목욕탕 가서
때미는 것처럼
슥슥 몇 번 긁어내고 말 줄 알았는데
30분간 지옥을 경험했다.

"원래 이렇게 아픈 건가요?"
"아… 워낙에 치석이 많아서 오늘은 좀 힘드셨을 거예요.
자주 받아야 덜 아파요."

"죄송해요. 고생하셨겠네요."

"아니에요, 나름 재미있었어요."

그날 밤 나는 얼마나 이불을 걷어찼던가.

다음 스케일링은 아마 동네에 있는 다른 치과에서 받을 것 같다.

어디엔가, 언젠가

미얀마 까렌족은 목이 길수록 미인이라 하고
에티오피아 무르시족은 입술이 많이 튀어나올수록 미인이라 하고
베트남 자오족은 이마가 넓을수록 미인이라 하고
그 옛날 중국에서는 발이 작아야 미인이었다 한다.

고대 그리스 시절에는 뚱뚱해야 미인이었다 하고
로마제국 시절에는 날씬해야 미인이었다 하고
그러다 또 언젠가는 뚱뚱한 사람을 미인이라 했고
또 언젠가는 날씬해야 미인이라 했단다.

그러면 이 세상 어디엔가 나같이 생긴 사람이 미인인 곳 하나쯤
아니면 살다가 언젠가는 나같이 생긴 사람이 미인인 시대 한번쯤
있어 줄 법도 한데 말이야.

돈 써가며 야단을 듣네

머리가 길어서 미용실에 갔더니
"어머 고객님, 머릿결이 엉망이에요. 두피 상태도 그렇고요.
이렇게 되도록 뭐하셨어요?"
야단을 치는 미용사.
당장 영양을 받아야 한다고.

등에 담이 와서 마사지숍에 갔더니
"어머 고객님, 허리 휜 것 좀 봐. 이거 이대로 두면 나중에 고생하는데,
왜 진작 안 오셨어요?"
야단을 치는 마사지사.
당장 척추교정을 받아야 한다고.

속이 좀 안 좋아서 한의원에 갔더니
"어머 환자분, 지금 비만이셔서 그런 것도 있을 거예요. 진작 관리를
받으셔야 했는데…."
야단을 치는 실장님.
당장 비만 관리 프로그램을 등록하자고.

나는 왜 굳이 돈을 써가며 여기저기서 야단을 듣고 다니나.
왜 야단의 내용은 죄다 돈을 더 쓰라는 내용인가.

머리를 했고 마사지를 받았고 약을 지어 왔지만
기분은 하나도 개운치 않네.

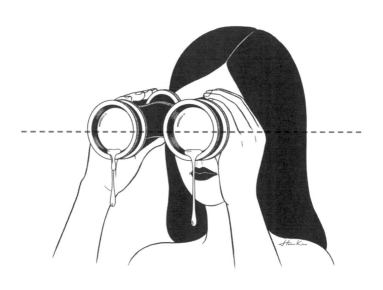

판 사람은 있는데 산 사람은 없다

최근 살이 더 찐 것 같아서 다이어트 전문 한의원에 갔다.
"이 약에는 식욕 억제 효능이 있어서 식사 조절에 도움을 주고요,
지방 합성을 막아줘서 기름진 걸 먹어도 소변으로 배출이 될 거예요.
연예인들도 저희 병원 많이 와요."

약을 한 봉지 받아 들고 돌아와 컴퓨터를 켰다.
포털사이트 메인 기사의 헤드카피.
"걸그룹 XX 양의 몸매관리 비결? 요가와 디톡스 주스."

식욕 억제제, 지방분해 주사, 다이어트 한약, 지방 제거술…
강남에 나가면 그런 것들로 돈을 벌어
그 비싼 월세를 감당하고 인건비를 지불하고도
떼돈을 버는 병원이 건물마다 하나씩 있는데,
연예 뉴스나 SNS 어디를 봐도 그런 걸로 살을 뺐다는 사람은 없다.
다들 건강한 식단과 운동으로 뺐다고.
판 사람은 있는데 산 사람은 없는 아이러니.

둘 중에 어느 한쪽은 거짓말을 하고 있다는 건데
진실은 저 너머에.

환상절제술

1.

포경수술을 할 때 잘려나간 피부에는 또 하나의 성감대가
있다고 합니다.
하지만 그것은 초등학교 5학년 때
엄마가 나를 동네 어느 병원에 데려가는 바람에
영원히 도달할 수 없는 미지의 영역이 되어버렸지요.

포경수술을 환상절제술이라고도 부른다는 사실을 아시나요?
물론 그 환상(環狀)이 흔히 생각하는 그 환상(幻想)은 아니겠지만
저는 그날 어쩌면 정말로 환상 하나를 절제당했는지도 모르겠습니다.

2.

같이 병원에서 수술을 받았던 친구 놈은 도대체 무슨 생각이었을까요.
나를 집에 데려가더니 갑자기 음험한 표정을 짓더군요.
컴퓨터에 자기 형이 저장해둔 좋은 것이 있다고 했어요.
그날을 제가 처음 좋은 것을 본 날로 치고 싶지는 않습니다.
뭘 보긴 봤는데 기억에 남은 건 이후의 지옥뿐이거든요.

떼굴떼굴 굴렀어요. 우리 둘 다.

죽을 뻔했어요. 정말 환상적으로 아팠어요.

3.

그 후로 한동안은 종이컵을 달고 다녔어요.

그냥 종이컵은 너무 크니까, 가위로 조금 잘라내서 높이를 낮추고는

반창고로 꼼꼼하게 붙이고 다녔지요.

방학이 끝날 때쯤에는 다 아물 거라 생각했는데

그 '좋은 것' 때문이었을까요.

종이컵은 떼지 못한 채로 개학을 맞이하게 되었어요.

당시에 힙합 바지가 유행이었기에 망정이지

스키니진이 유행했으면 어쩔 뻔했나 싶어요.

그렇게 갖고 싶었지만 양아치 같다며 사주지 않던 힙합 바지를

개학 전날에 엄마가 사주셨어요.

그게 클수록 멋있는 건데, **종이컵을 가리기 위해 어쩔 수 없이 나는**

우리 반 최고의 힙합 전사가 되어서 우쭐했지요.

빚쟁이

나는 오늘도 빚을 졌다. '오늘도'라고 하는 까닭은 상습적으로
빚을 지기 때문이다. 커피론, 박카스론, 핫식스론, 레드불론…
바쁜 시즌이면 수명을 당겨쓰는 심정으로 수면을 유예한다.
힘든 시즌의 마지막 날은 그중에서도 가장 힘들기 마련
가장 힘든 오늘이 지나면 드디어 짧은 해방을 맛보겠지만
그 해방이 진정한 해방일지는 모르겠다.

"야, 너 오늘까지 바쁘다며. 내일 오랜만에 달리자."

친구의 제안을 수락하지 못했다. 오랜만에 맞이하는 휴일에는
빚을 갚아야 한다. 함부로 수명을 당겨쓴 대가로 나는 모처럼 맞이한
휴일에 아무것도 하지 못한 채 침대에서만 보내며, 잠 빚을
갚아야 할 것이다. 이자까지 사채 빚 수준으로 잔뜩 쳐서.

인생은 실전이야

오랜만에 하드디스크를 백업하다가 오래된 사진을 뒤적였다.
지금처럼 폰카도 아니고, 당시 유행하던 디카로 찍은 오래전 사진들.
당시에는 예쁘게 하고 다닌다고 애쓴 것일 텐데
지금 보니 어떻게 저러고 다녔나 싶은 나와 내 친구들.

친구 재은이에게 메신저로 사진 하나를 보냈다.
지금과는 사뭇 다른 10년 전, 스무 살의 그녀.
재은이는 내게 전화를 걸어 한참을 박장대소했다.

"야, 나는 근데 저때 네가 더 예쁜 것 같아. 지금은 너무 세잖아."
"그래? 어떤 부분이?"
"저때 보니까 뭐, 눈썹도 순하고, 아이라인도 얇고. 지금은 여러모로
엄청 세졌잖아."

그녀가 대답했다.

"그때랑 지금이랑은 화장의 목적이 달라. 스무 살 새내기의 화장은
그냥 예뻐 보이기 위한 단장인데 서른 살 직장인의 화장은 얕보이지
않기 위해서 하는 전투용 위장이야. 인생은 실전이라잖냐.
지금 저러고 다니면 어디 가서 호구 취급당해."

요즘 유행하는 말이 생각났다.

인생은 실전이야 X만아.

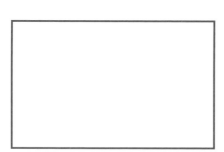

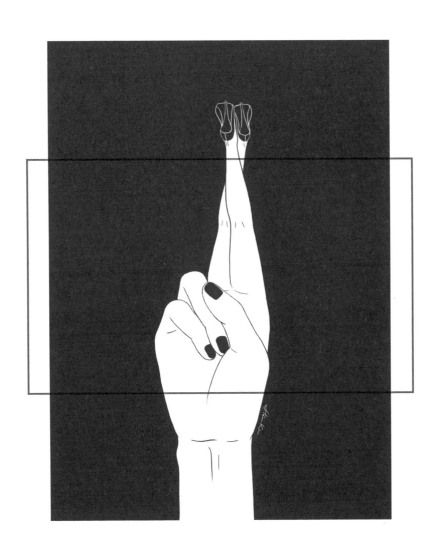

손과 발

손을 보면 그가 살아갈 날이 보인다고 한다.
얼마나 살지, 돈은 잘 벌지, 배우자가 어떨지를
손금으로 판단하는 것이 유치한 미신이라는 것을 안다.
그러나 오래된 미신은 그 나름대로 역사와 전통이 있을 것 같아
어쩐지 외면하기가 어려워지는 법.

발을 보면 그가 살아온 날이 보인다.
딱딱한 굳은살이 박인 발
티눈과 물집이 생겼다 없어졌다 하며 거칠어진 발
새끼발가락이 뭉그러져 못생겨진 발
매일매일의 무게를 깡그리 짊어져야 하는 발은
치열하게 살아온 나날의 증거.

빈약한 손금을 투박한 발 모양으로 만회할 수 있을까.

생명선도 짧고 운명선, 재물선, 사업선도 하나같이 희미한 내 손금….
발이 더 못생겨지도록 열심히 살다보면
그런 것들에 의연해질 수 있을까.

할머니의 하루

내가 사는 건물 1층에는 편의점이 하나 있어.

편의점 앞에는 언제나 앉아 있는 할머니가 한 분 계셔.

할머니는 앉아서 아무것도 안 해.

그냥 지나가는 사람 보고, 날아가는 비둘기 보고

멍하니, 멍하니 앉아서 해가 지길 기다리고

다시 해가 하늘 가운데에 걸리면 또 나와 그 의자에 앉으셔.

집에서 학교 가는 한 시간 동안에도 나는

이어폰이 없으면 미칠 것 같고

핸드폰이 없으면 더 미칠 것 같아 집으로 돌아오는데

어떻게 저렇게 가만히 앉아서 세월이 흐르는 걸

구경만 하고 있을 수 있을까.

나이가 들면 시간이 빨리 간다는데

— 뭐 기억력 감퇴랑 관련이 있는 거라나.

할머니가 바라보는 하루해는 얼마나 빨리 뜨고 지는 건지.

할머니에게 남은 시간은 나의 것보다 훨씬 적을 텐데

어떻게 저렇게 하나도 조급해하지 않을 수 있을까.

나의 수명이 그만큼 남았다면 나는 1초도 앉아 있지 않을 거고

천천히 걷지도 않을 거고 늦게까지 자지도 않을 텐데.

혹시나 할머니의 눈 속에 정답이 있을 것 같아서
힐긋 쳐다봤지만
글쎄 나는 아직 잘 모르겠더라고.

어느 문학도의 죽음

작은할아버지가 치매에 걸렸다는 이야기는 진작 들었지만
전혀 현실로 와닿지 않았던 나는 방문을 열기가 두려웠다.
우리 집안에서 제일 똑똑한 분이셨다. 일제강점기 때 총독부가 탐낼
정도로 수재였던 그는 러시아 문학을 공부했다. 그러나 가난하고
포악한 시대는 한반도의 젊은이가 문학을, 그것도 빨갱이 나라 문학을
공부하는 것을 허락하지 않았다. 그래서 선택한 교사 생활을 하며
생의 대부분을 보내느라 접었던 학업을 육십대에 다시 시작했다.
젊은이들에게 뒤지지 않는 총기로 65세에 러시아 문학 석사학위를
취득했고 언론 매체에 소개되기도 했다. 집안에 아이가 태어나면
가장 지혜로운 어른에게서 이름을 받아오는 어느 원시 부족처럼
아버지 대부터 우리 대까지 아이가 태어나면 우리 집 사람들은
가장 먼저 작은할아버지께 전화를 걸어 이름을 받곤 했다.
내 이름 '민구'도 그렇게 받았다. 그런 작은할아버지가 이제는
사람도 못 알아보고 똥칠도 한다는 말이 전혀 와닿지 않다가,
방문을 열자마자 현실이 되었다.

작은할아버지는 우리를 보고는 난생처음 보는 사람이 자기 집에
들어온 듯 어리둥절한 표정을 지었다. 우리 할머니께서 물으셨다.

"내 알아보시겠습니꺼?"

대답이 없는 그에게 몇 차례 같은 질문을 반복하자, 그가 말했다.

"…오야붕 …오야붕."

틀린 말은 아니었다. 우리 집안의 최연장자인 우리 할머니께
'오야붕'이라 하신 것은 우연이 아니리라 생각했다. 그 모습을 보며
나는 2년 전 어느 날이 생각났다. 대학에서 문학을 전공하겠다고
했을 때, 걱정을 하던 몇몇 집안 어른들과 달리 작은할아버지는
반가운 표정을 지으셨다. 내게 명함을 내밀며 언제든지 문학적인
궁금증이 생기면 이메일을 보내라고 하셨다. 집안에 그런 대화를
할 수 있는 사람이 아무도 없었기에 외로우셨을 것 같다는 생각을
했다. 그러나 나는 한 번도 연락을 드린 적이 없다.

침 흘리는 모습을 보면서도 작은할아버지가 바보가 되었다는 사실을
믿을 수 없었다. 원하는 말을 할 수 없고, 원하는 행동을 할 수 없게 된
것뿐이지 여전히 머릿속으로는 그 좋아하시던 러시아 문호들의 작품을
곱씹고 계시지 않을까. 그렇다면 얼마나 답답하실까.
누군가 책이라도 읽어드리면 좋으련만, 다들 살기는 바쁘고,
그는 점점 더 바보가 되는 것 같았다.

그리고 얼마 되지 않아 작은할아버지는 돌아가셨다. 특별히 큰 병에
걸린 것도 아니고, 그냥 시름시름 앓다가 가셨다고 한다.
나는 그가 스스로 돌아가셨다고 생각했다. 공부가 전부였던 그가
공부를 할 수 없게 되다니. 치매는 그에게 그 어떤 질병보다 가혹했을
것이고, 그래서 스스로 생을 놓아버리신 거라고 믿었다.

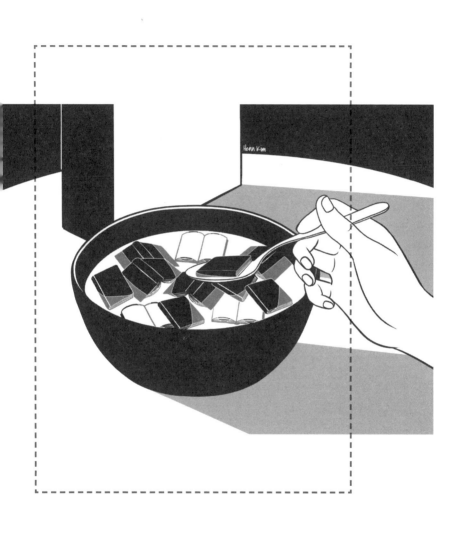

블루투스

"아니, 그러니까 내 말은!"
"그게 아니라 잘 들어보라고 좀!"

끝없는 말싸움을 반복하다가 끝내 결론을 내지 못하고 돌아온
밤이 있었다.

우리의 머리는 서로 다른 모양의 그릇이고, 말은 물 같았다.
내 안에 있던 말을 한 방울도 남김없이 너에게 부었지만
너에게는 다른 모양으로 담겼다.

우리 이마에 서로의 기분과 감정과 생각을 온전히 주고받을 수 있는
블루투스 센서가 있다면 좋을 텐데.
네게라면 얼마든지 비밀번호를 알려주고 접속을 허용할 텐데.

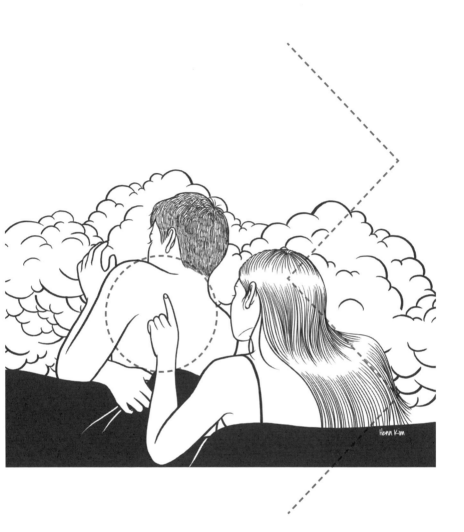

왜 말을 못해?

사귄 지 얼마 안 된 그녀.

— 우리 주말에 야구 보러 가자
— 이번 주말? 나 좀 어려울 것 같은데 이번 주는…
— 응? 무슨 일 있어?
— 아니 그게…

머뭇머뭇하는 모습이 어딘가 수상쩍어서

— 뭔데, 빨리 말해
— 아니… 나 병원 가…
— 병원? 왜?
— 그냥… 수술인데… 별거 아냐
— 응? 무슨 수술?
— 아니… 그게…

우물쭈물하는 모습이 어딘가 걱정스러워서

— 너 뭔지 빨리 말해. 뭐야?
— 휴… 뭐냐 하면…

그 주 토요일, 우리는 어느 항문외과 병실에서

처음으로 함께 밤을 지새웠다.

연애의 시작과 동시에 민망할 것이 없어진 우리.

여태껏 했던 어떤 연애보다 빠르게 나는 그녀에게 방귀를 텄다.

화해의 방법

화해는 단지 미안하다는 말만으로 이루어지지 않는다.
사과와 수긍 이후의 냉랭한 분위기를 푸는 것이
내겐 '미안해' 세 글자를 내뱉는 일보다 어려웠다.

끝내 참지 못하고
"아, 내가 미안하다고 했잖아. 뭘 더 어떡하라는 거야"
라는 말로 꺼져가는 싸움의 불씨에 기름을 부은 적도 있었다.
잘 싸우고 잘 푸는 사이가 오래간다던데
나는 잘 풀어가는 데 소질이 없는 것 같았다.

이번에는 내가 그녀에게 토라진 어느 날
그녀가 나에게 뭘 잘못했다기보다 그냥 기분이 상했던 어느 날
우리는 말없이 그저 걷고 있었다.
답답한 마음에 지쳐갈 무렵

그녀는 가만히 내 손을 잡았다.

살짝 힘 준 그 손이 내게 말을 거는 것 같았다.
"미안해, 화 풀어" 같은 판에 박힌 사과보다
더 따뜻한, 더 많은 말을 하고 있는 것 같았다.

그토록 알고 싶었던 화해의 방법을 그제야 배웠다.

백 마디 사과의 말보다
외로운 손을 그저 꽉 잡아주는 것.

어쩌면 말로 하는 사과 같은 건 애초에 필요 없는 것인지도 모른다.

어째서 그랬던 걸까

지금 생각해보면 참 우습지.
그때 그녀에게 "너 혹시… 해봤어?"라고 물었던 것도
그녀가 "아니… 나도 네가 처음이야"라고 대답했던 것도
그때 내가 묘하게 안도했던 것도

어째서 그랬던 걸까
그날에 우린.

아니 그게 아니라

지수는 지난 여름방학 중에 머리를 잘랐다. 긴 머리가 지겹기도 했고, 배우 고준희도 예뻐 보였고, 마침 날씨도 더웠다. 미용실 거울로 본 새로운 헤어스타일이 아주 마음에 들었다. 머리카락이 가벼워지니 인상도 훨씬 밝아 보이는 듯했다. 다른 사람이 된 것 같은 기분. 어쩐지 무엇이든 할 수 있을 것만 같았다.

그동안 망설였던 일을 하나하나 해보기로 했다. 한번쯤은 혼자서 여행을 하고 싶었다. 내일로 티켓을 끊고 기차를 타고 전국을 누비는 동안 전혀 두렵거나 외롭지 않았다. 그러는 동안 남자친구인 정호와 연락하는 빈도가 줄어들었다. 연애가 길어질수록 서로가 사랑하고 있지 않다는 것을 알게 될 뿐이라는 생각을 하고 있던 차. 그렇지만 마땅히 헤어져야 할 이유도 없었고, 무엇보다 앞으로도 마주쳐야 할 캠퍼스커플이었기에 그저 방치해둔 관계였다.
여행에서 돌아온 날, 지수는 정호에게 용기를 내 전화를 걸었고, 둘은 서로의 앞날을 응원하며 인사를 나눴다. 강의실에서 마주쳐도 좋은 친구로 지내기로 약속도 했다. 연애를 그만두니 시간이 많아져서 이번에는 미뤄뒀던 중국어 공부를 시작했다. 나름 재미를 붙였고, 방해받고 싶지 않은 마음에 SNS를 탈퇴했다.

그렇게 보람찬 방학을 보내고 개강 날이 되었다. 이번 학기에는

무엇이든 열심히 해볼 수 있을 것 같은 기분이 들었다. 그때 강의실
뒤편에 앉아 있던 정호에게서 메시지가 왔다.

— 머리 잘랐네… 잘 어울린다. 이번 학기 잘 지내보자.
— 아, 이거? 방학하자마자 자른 거야. ㅋㅋㅋ 그래 잘 지내보자.

얼마 지나지 않아 그녀의 학과에는 '지수가 정호에게 차이고 힘들어서
머리를 잘랐다'는 소문이 돌았다. 아니라고, 그 일이랑 머리 자른 거랑
아무 상관없다고! 아무리 말해도 모두가 그녀를 안쓰러운 눈길로
바라볼 뿐이었다. 그 시선 때문에 지수의 상쾌한 '단발머리 기분'은
모두 사라지고 말았다.

오지랖은 작작 좀

K 씨가 알바를 하고 있는 레스토랑. 오늘은 새로운 아르바이트생 L 씨가 첫 출근을 한 날이다. 점심 영업을 마치고 저녁 준비시간, 둘은 늦은 점심을 먹는다. 돈을 세다 뒤늦게 돌아온 젊은 사장이 L 씨에게 묻는다.

"그런데 L 씨는 키가 몇이야? 어후, 한 180은 되겠는데?"
"네. 그 정도 돼요."
"이야… 농구 한번 해보지 그랬어! 아니면 배구라든지!"

가만히 보고 있던 K 씨는 그 광경이 한심했다. 180이면 여자 치고 눈에 띄게 큰 편이기는 하다. 그래도 그렇지, 가만히 경영학과 다니면서 금융권 취업을 준비하고 있는 학생에게 그따위 쓸데없는 이야기는 뭐하러 하나 싶다.

"제가 운동에 소질이 없어서요. 좋아하지도 않고요."
"그래도, 키가 아깝잖아, 키가."

아니 자기가 뭔데 남의 키를 아까워하나. K 씨는 사장의 오지랖이 항상 재수 없었다. 평소에 K 씨에게도 사내놈이 그렇게 비리비리해서 어디다 쓰느냐, 빨리 군대라도 갔다 와야 남자 구실하겠다는 둥

헛소리를 해대곤 했다.

저녁 장사 준비를 하며 K 씨는 L 씨에게 조용히 말했다.
"이해하세요. 우리 사장이 워낙 꼰대거든요."

L 씨는 대답했다.
"아니에요. 살면서 그런 말들 하도 들어서 이제는 아무렇지도 않아요."

이 좁아터진 세상에 그렇게 많은 멍청이들이 있을 필요가 있나,
K 씨는 생각했다.

예쁜 그림

— 그거 문신이에요? 타투에요?

— 문신이 영어로 타투죠.

— 아니, 그러니까 그거 안 지워지는 거예요?

— 네.

— 우와. 근데 나중에 나이 들어서 후회하면 어떡해요? 지울 때 되게 아프다던데.

— 안 지울 거예요.

— 그래도. 사람들 인식 때문에 불편하잖아요. 나중에 자식들 보기도 민망할 거고.

이따위 속 터지는 대화를 하고 있자면 시간이 아까워 미쳐버릴 것만 같다. 나는 떳떳한데, 그게 성가셔서 가급적 문신 자랑은 하지 않는다.

그런데 어느 날, 여섯 살 난 조카가 문신에 관심을 보였다.

— 삼촌! 이거 햇님이야?

— 응. 이건 달님이고. 이쁘지?

— 응! 삼촌 이쁘네?

— 여기다가는 시은이가 그려줘.

조카는 방에서 사인펜을 들고 뛰어나와
내 다른 쪽 팔뚝에 그림을 그리기 시작했다.

그래. 나는 잘못한 게 아닌데, 그냥 예쁜 그림을 그린 건데.
후회니 인식이니 하는 말을 하는 사람들이 오히려 이상한 거지.

코딱지

어린 조카가 몰래 코딱지를 먹다가 내 동생에게 발각되었다.

"얼레리꼴레리~ 코딱지 먹었대요~"

조카는 부끄럽고 화가 나서 울기 시작하고, 나는 동생에게 말했다.

"야, 너도 애기 때 코딱지 먹었잖아."

동생이 받아쳤다.

"지는."

아무도 가르쳐주지 않았는데 우리는 코딱지를 먹었다.

엄마에게 혼이 나고 나서야 코딱지를 안 먹게 되었다.

먹는 건 본능 탓이고 끊은 건 교육 덕이라면

어쩌면 코딱지를 먹는 것이 더 자연스러운 일이 아닐까?

아님 말고.

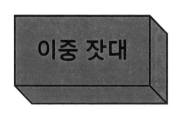

이중 잣대

젊은이를 보고는 젊어서 고생하지 않으면 늙어서 고생한다며
놀고 싶은 마음 접어두고 <u>열심히 살라더니</u>

흥 많은 노인이 신나게 놀면 손가락질하며 주책이라고.

돌고 돌고 돌고

돈 써가며 찌운 살
돈 써가며 빼겠다고
3개월 치 PT를 등록하고 나오는 길
이게 뭐하는 건가 싶고.

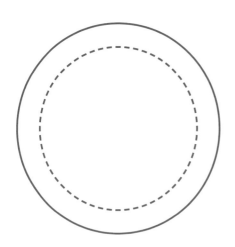

걸레

— 아니 오빠, 스물넷에 두 명 정도랑은
자봤을 수도 있는 거 아니에요?

고민이 있다며 술을 한잔하자던 그녀가 토로한 내용은
그녀의 학과 사람들이 붙인 불명예스런 호칭에 관한 것.
그녀는 두 명의 남자를 사귀었고 그들과 섹스를 했다.
공교롭게도 그 둘은 모두 같은 과 사람이었고
어느 순간 그녀가 없는 자리에서 사람들은 그녀를 '걸레'라고
부르기 시작했다는 것이다.

— 오빠, 근데 걸레의 기준이 뭐예요? 몇 명? 몇 번? 무슨 기준으로
그렇게 부르는지 알면 그나마 덜 억울할 것 같아요.

소주를 두 병쯤 비우자 그녀는 서럽게 울기 시작했다.
이미 어떤 위로도 이해하지 못할 정도로 취한 그녀를 보며
나는 집에 있는 걸레 한 장을 떠올렸다.

새로 이사를 한 날
걸레가 너무 더러워져서 버렸고, 새로운 걸레가 한 장 필요했다.
나는 쌓여 있는 수건들 중 '아무거나' 손에 쥐고 바닥을 닦기 시작했다.

그 아무거나가 그날부터 우리 집의 걸레가 되었다.
더러워서 걸레가 된 것이 아니라, 걸레라고 이름 붙이는 순간부터
조금씩 더러워졌다.

그 인간들은 그냥 걸레라고 부를 사람이 하나 필요했던 거야.
그때 발견한 게 하필 너였던 거지, 결코 네가 더러워서 그런 게 아니야.
그리고 누구도 누구를 더럽다고 할 순 없지만, 굳이 말하자면
더러운 건 그들이야.

하지 못했던 말을 건넸다면 조금이나마 위안이 되었을까?

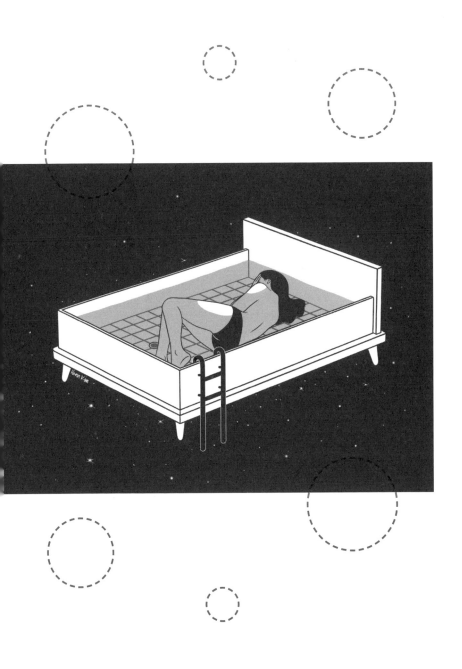

코만 하면…!

"저기, 기분 나쁘게 듣지 말고. 너 진짜 예쁜데… 진짜 코만 하면
대박일 텐데."
수도 없이 들어왔지만 들을 때마다 기분이 상하는 말.
어쨌거나 대학 동기인 저 기집애의 말에 악의는 없는 것 같으니
그냥 웃어넘기기로 했는데

"그러게. 진짜 코가 아쉽다, 코가!"
"맞아. 코 빼고 퍼펙트하지 우리 현주가."
남자 선배들의 맞장구에 기분이 상하고 말았다.

"야, 적당히 해. 나는 내 코에 불만 없는데 왜 오지랖이야."
"어? 왜 화를 내고 그래…. 알았어. 미안해, 현주야. 응?"
갑자기 나만 이상한 여자가 됐다.

마음이 잔뜩 상해서 집에 돌아오니 외동딸을 기다리느라 잠들지 못한
엄마가 문을 연다.
"일찍 일찍 좀 다녀라."
자기랑 똑같이 생긴 엄마 코를 보니 현주는 괜히 왈칵 눈물이 났다.

다들 자기 앞가림하고 살기도 바쁜데 무슨 오지랖들이 이렇게 넓은지.

더군다나 오늘은 더 그랬다. 예쁜 년이 그러니까 더 밉잖아.

"엄마 나 코 해줘."

정말로 없었던 불만이 그렇게 싹튼다.

취준생의 여름

취업 스터디를 마치고 몇몇이 남아 밥을 먹으러 갔다가
가장 오래 취업 준비를 하고 있는 선배가 말했다.

"이야~ 근데 우리 다들 엄청 뽀얗네요. 여름인데 하나도 안 타고."
"탈 일이 뭐가 있겠어요. 취준생이 휴가 가는 것도 아니고
맨날 도서관인데."
"저는 집도 반지하라서 햇빛 쬘 일이 지하철 타러 갈 때밖에 없어요."

다들 씁쓸하게 낄낄 웃으며 헤어졌다.

부잣집 도련님들은 여름에도 얼굴이 뽀얗고
가난한 집 아이들은 얼굴이 햇볕에 그을려 있었던 건 모두 옛날이야기.

취업 못해서 서러운 우리 얼굴은
다가오는 하반기 공채 시즌 때문에 허옇게 질려가고
좋은 데 취업해서 돈 잘 버는 친구들은
동남아로 휴가를 가 시커멓게 타서 온다.

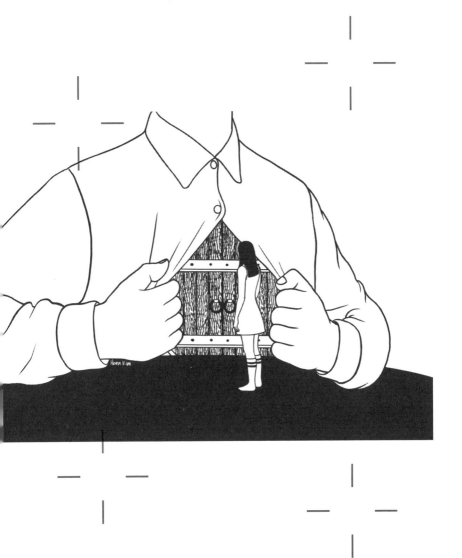

여왕벌 위에 일벌

대학시절 내내 그녀는 항상 남자들의 구애를 받았다.
오죽하면 별명이 <u>문과대 여왕벌</u>이었겠어.
사실 그렇게 예쁜 얼굴은 아니었는데 묘하게 매력이 있었다.
특히 그 쌍꺼풀 없던 눈이.

그녀의 눈은 누가 봐도 한민족의 것이었다.
쌍꺼풀 없이 쪽 째진 그 눈은 정말이지
전형적인 북몽골 인종의 것이었다.
그녀를 사랑했던 한 남자의 말에 따르면
놀라서 동그래진 그 작은 눈은 숨 막히게 귀여웠고
그윽하게 내리깔 때면 참을 수 없이 섹시했다나.
스스로도 그걸 알고 있던 그녀도 자신의 눈매가 마음에 들었다.

대학을 졸업할 무렵 그녀는 이제 문과대 여왕벌이 아니라
<u>일벌</u>이 되고 싶어졌다.
자기소개서를 수십 장이나 썼는데
어느 회사도 합격 통보를 하지 않았다.
뭐가 문제일까 고민하다 어느덧 졸업사진 찍는 날
메이크업을 해주는 아줌마가 말했다.
"언니는 쌍수만 하면 되겠다."

취업하기 좋은 얼굴이란 게 있다나.

그리고 다음 해 상반기, 그녀는 마법처럼 쉽게 일벌이 될 수 있었다.
더 이상 그렇게 많은 남자들이 구애를 하지 않는 것과
자꾸만 쌍꺼풀에 파운데이션이 끼는 정도는
취업이 되지 않아 마음 졸였던 것에 비하면 곤란한 일도 아니었다.

주량의 비결

— 형, 형은 어떻게 그렇게 술을 잘 마셔요? 타고나야 되는 건가?

한참 후배랑 술을 마시던 중 그가 물었다.
주량은 타고나는 거 아니냐기에
대학 시절 술 먹고 했던 실수들을 나열해주었다.

— 아니, 그때가 지금보다 간도 더 튼튼했을 텐데
어떻게 주량이 늘어요?
— 술 먹고 꽐라 돼서 실수하고 한번 크게 X돼보면 돼.
돈 벌고 살다보면 절대 취하면 안 되는 자리들 있거든.
거기서 사고 한번 크게 치고 나면 절대 안 취해.

어떤 자리에서 무슨 실수를 했냐고 물었지만
나는 아무런 대답도 하지 않았다.
선배한테 쌍욕을 했다는 얘기를 후배에게 어떻게 하나.

어른은 하나도 안 좋아

스무 살 때 처음 나기 시작한 사랑니
어쩐지 비로소 어른이 되었다는 실감이 나서 으쓱해졌다.

그러나 그토록 학수고대했던 그것은
내가 생각하던 것보다 쓰라리고 성가시기만 했다.
어른도 그랬고 사랑니도 그랬다.

내 속만 썩어가고 있었다.

서른이 되어서야 사랑니를 다 뽑아버렸지만
어른이 아니던 시절로 돌아갈 수는 없었다.

위험한 도박

저는 지금 화장실에 앉아 있습니다.

개운하냐고요? 전혀요.

벌써 여덟 번째 화장실에 왔지만 배 속은

마치 장기들이 봉기라도 한 듯 요동치고 있습니다.

오늘의 행적을 추적해보니 원인은 금세 찾을 수 있었습니다.

며칠 전 일요일에 마트에서 사 온 잡채! 그놈이 문제였던 것 같습니다.

반찬 코너에서 영롱하게 빛나던 그 당면과

오색빛깔 찬란하던 채소와 고기들을 마주하자 저는 무언가에 홀린 듯

삼천 원어치를 구매할 수밖에 없었지요.

그리고 집에 돌아오던 중 친구 녀석에게 전화가 왔습니다.

근처인데 술이나 한잔하자고

월요일에는 야근을 했고요

화요일에도 야근을 했지요

수요일에는 소개팅이 있었고

목요일에는 친구를 만났습니다

금요일에는 회식이 있었고요

오늘에야 집에서 밥을 한 끼 챙겨 먹게 되었지요.

냉장고를 열자 아직 비닐도 안 벗긴 잡채가 있었어요.

전자레인지에 데워서 냄새를 맡아보니 무언가 미심쩍었습니다.

긴가민가하는 마음으로 한입 먹어봤는데, 그래도 애매하더군요.

약간 시큼한 것 같기도 한데, 원래 이런 맛인 것 같기도 하고

꼭 삼천 원이 아까워서만은 아니고요

이상한 오기랄까요 도전정신이랄까요

나는 오늘 그걸 먹어야 할 것 같았고요

다 먹었습니다.

맛있었습니다.

그리고 얼마 지나지 않아 신호가 오더군요.

위장이

"훗, 네 녀석이 졌어. 역시 자취 1년 차 애송이, 배팅이 서툴군."

이렇게 말하는 것 같았습니다.

패배의 대가는 가혹했습니다.

약값은 잡채 값보다 비싸고

제 주말은 그보다 훨씬 비쌉니다.

이게 다 커피 때문이다

시험 전날 밤, 밤새 벼락치기 하려고 책상에 앉기 전
비장한 각오로 마시는 아메리카노, 샷 두 개 추가.
30분도 지나지 않아 밀려오는 잠.

비몽사몽 중에 시험범위를 대충 훑고, 드디어 잠자리에 눕자마자
비로소 발휘되는 카페인의 놀라운 효능.
두 시간째 오지 않는 잠.

그래, 차라리 밤을 새기로 하고 다시 책상에 앉았다가
해가 밝을 무렵, 이제야 카페인을 해독해낸 장한 나의 육신.
시험을 두 시간 앞두고 다시 쏟아지는 잠.

성적표를 받을 때마다 나는 커피 탓을 했다.

미각을 잃었사옵니다

몸살을 좀 앓았고,
일 때문에 스트레스를 많이 받았고,
혓바늘이 심하게 돋았다.
그리고 아침을 먹는데 찌개가 싱겁다. 소금을 쳐도 싱겁고 미원을
넣어도 밍밍하다. 뭔가 잘못되었다 싶어서 소금을 조금 혀에
올려봤는데, 아무 맛도 안 나고 그냥 모래알 같았다. 드라마에 나오던
대장금처럼 미각을 잃은 거다.

— 몸 상태가 안 좋고 스트레스를 많이 받으면 그럴 수 있어요.
며칠 푹 쉬면 나을 거예요.

미각 정도 잃은 게 뭐 대수인가 싶어서 그러려니 하고 지내는데,
사는 게 재미가 없어졌다. 음식 메뉴를 고르는 게 무의미해졌다.
된장찌개나 김치찌개나 아무 맛도 안 나기는 매한가지인데 뭐하러
메뉴를 고르고 정성스레 요리를 하겠는가. 아무거나 배만 채울
요량으로 먹으면 되는 거지.
삶에서 먹는 재미가 차지하는 비중이 이렇게 컸나 싶었다.
세상이 흑백으로 보이는 것 같은 기분이었다.

대장금처럼 봉침은 맞지 않았지만

다행히 미각은 한 달 만에 돌아왔고,

나는 다시 아주 즐겁게 점심 메뉴를 고민하게 되었다.

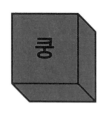

열심히 살던 친구였다.
부모에게 받은 것 없이 어떻게든 혼자 힘으로 아등바등
하고 싶은 것 참고, 먹고 싶은 것 참고, 만나고 싶은 이 참아가며
드디어 손바닥만 한 가게 하나 연다고 즐거워하던 녀석.
고작 발 한 번 헛디뎌 떠났다.

머리 한 번 쿵 하면 가는 것을
무엇하러 그리 열심히 살아왔나.

사는 건 그토록 고단한데
가는 건 이토록 쉽다.

참지 마, 눈물

엄마의 장례식장에서 나는 신기하리만큼 울지 않았다.
쉴 새 없이 찾아오는 손님들과 맞절을 하고
그분들의 식사가 불편하진 않은지 살피느라
울고 말고 할 여유가 없었고
그냥 몸이 힘들고 피곤하다는 생각뿐이었다.
나는 괜히 죄책감이 들었고, 불안하기까지 했다.
눈물샘이 고장나버린 것은 아닐까.

집에 돌아와서도 별다른 감흥은 없었다.
오랫동안 병원에서 투병을 하신 탓에, 원래 집에는
엄마가 잘 없었으니까.
다만 나는 불면증에 시달렸다.

그러던 어느 날 아침, 눈을 떠서 습관처럼 전화기를 집어 들고
엄마의 휴대폰 번호를 누르다가 문득 깨달았다.
— 엄마는 더 이상 병원에 안 계셔.
장례식장에서 미처 흘리지 못한 눈물을 그제야 쏟았다.
이렇게까지 눈물이 날 수 있다니
눈물샘이 고장나버린 것은 아닐까.

어려서부터 들어온 '남자는 울면 안 된다'는 말과
나까지 울면 안 될 것 같았던 장남으로서의 책임감과
아직까지 상황 파악을 하지 못했던 어리석음 탓에
미처 흘리지 못했던 눈물은
오랜 세월에 걸쳐 여러 번으로 나누어서
댐이 물을 쏟아내듯 기어이 방류되고 말았다.
그런 날에는 불면증에 시달리지 않았다.

당장 참아내건, 아님 엉엉 울건
흘려야 할 눈물의 총량은 정해져 있다.
눈물샘도 배설기관이라고 한다.
모든 배설물들이 그러하듯이
내보내야 할 만큼 내보내지 않으면 눈물도 병이 된다.

일벌의 속내

내 별명은 '문과대 여왕벌'이었다. 그러거나 말거나 지금의 나는 '일벌'. 취업의 기쁨은 오래가지 않았고, 출근과 퇴근만을 반복하는 삶에 지쳐가고 있었다. 그러다 어렵게 월차를 내고 오랜만에 맞이하는 여유로운 평일 오후.

대학시절부터 평일 오후의 서점을 좋아했다. 학교에서는 내 의지와 무관하게 사람들 입에 오르내리게 되어서 괜히 눈치가 보였고, 그렇다고 집에 있기는 무료했기에 서점 에세이 코너나 소설 코너에서 예쁜 책 표지를 구경하며 뒤적거리는 게 좋았다. 이런 취미는 소설가가 꿈이었던 그와 연애를 하던 시절에 자연스레 생긴 것인데.

그를 만났다. 그와 함께 종종 찾던 서점에서. 나도 모르게 "어?" 하며 멈춰 섰고, 그는 잠시 당황한 듯하다가 "오랜만이네" 하며 인사를 건넸다. 그가 변한 나를 알아봐줘서 고마웠다. 사실 나는 쌍꺼풀 수술과 앞트임을 하면서 인상이 꽤 변했다는 평을 들어왔는데 용케도 알아봐준 것이다.

커피를 마시다 맥주도 한잔하게 되었다. 그는 아직도 소설가 지망생이고, 직장인이 된 내가 보기 좋다고 했다. "아냐, 하나도 안 좋아." 어두워진 내 낯빛을 감지하고 그가 화제를 돌렸다. "그때 우리

참 좋았는데. 그치?"

한참을 추억에 젖어 궁상맞게 옛날이야기를 하다가 조금 취했는지
내가 그에게 물었다.
"오빠, 오빠는 내가 왜 좋았어?"
"예쁘니까 좋았지."
"바보, 예쁘긴 뭐가 예쁘냐."
"아냐, 예뻐. 그때나 지금이나 넌 눈이 너무 예뻐."

조금 기분이 상했다. 내 눈 모양은 그때랑 하나도 닮지 않았는데.
"놀리는 거지? 이렇게 째고 꿰매고 했는데 뭐가 '그때나 지금이나'냐."
그는 자기 눈동자를 가리키며 말했다.
"아니, 눈매 말고, 눈말야. 쌍꺼풀만 생겼지 네 눈은 그때나 지금이나
똑같이 예뻐."

예쁘다는 말보다 변하지 않았다는 말이 더 기뻤다. 자꾸만 내가
변하는 것 같아 불안했었나 보다.

그의 연락처를 받았지만 다시 연락을 하지는 않을 것 같다.
그래도 내일은 조금 더 가벼운 마음으로 출근을 할 수 있지 않을까.
그의 눈도 변하지 않아서 다행이라는 생각이 들었다.

여자들은, 남자들은 그거 안 좋아해

그와 그녀는 10년지기 친구. 오랜만에 만나 술을 먹으며 서로의
애인 없음에 대해 한탄하다가, 그가 말했다.

— 야, 너는 옷이랑 화장이 문제야. 너무 세 보이잖아. 남자들은
그런 거 별로 안 좋아해. 좀 여성스럽고 조신하게 하고 다니면
안 되냐?
— 그러는 너는 그 수염부터 밀어. 더러워 보이잖아. 여자들이
그거 얼마나 싫어하는지 아냐? 그리고 남자새끼가 액세서리는
뭐하러 그렇게 주렁주렁 달고 다니냐?

티격태격하고 돌아와 그도 그녀도 한참 거울을 바라봤다.
아마 둘은 같은 생각을 했을 거다. 옷도 화장도 수염도 액세서리도
이성에게 칭찬받기 위함이 아니라, 내 눈에 예뻐 보이는 게 먼저다.
연애도 좋지만, 이걸 포기할 순 없는 것이다.

우리는 누구에게 잘 보이기 위해 살지 않는다.

사나이의 찌찌

4월이라 일교차가 크다. 걷다 보면 이마에 땀이 맺히는 화창한 주말 오후, 외투를 벗어 들고 홍대 거리를 활보했다. 그녀와 마주 앉아 커피를 마시다 화장실에 가서 거울을 봤는데, 흰 반팔티를 입은 가슴팍에 도드라져 자신들의 존재를 증명하고 있는 두 녀석. 하루 종일 찌셔츠 차림으로 거리를 활보했다는 생각에 민망해져 다시 주섬주섬 외투를 챙겨 입었다. 그날따라 한낮 기온은 왜 그리 높던지.

세상의 모든 것은 존재하는 이유가 있다고 들었다. 그렇다면 너희들은 어째서 존재하는 것이냐. 요새는 너희를 가리기 위해 붙이는 스티커 같은 것도 있다고 들었다. 그걸 붙이고 있는 내 모습을, 귀가해서 그걸 떼고 있는 내 모습을 나는 차마 볼 자신이 없다. 사내의 가슴인지라 아이를 먹일 수도 없는 너희들은 무엇을 위해 태어난 것이냐. 사나이의 찌찌라니. 얼마나 이질적인 두 단어의 결합인가. 그쪽이 성감대인 남자들도 있다고 들었는데, 오직 그것만을 위해서 존재하는 것이냐.

악플부대: 부러우면 부럽다고 말해

쟤가 뭐가 예쁘냐, 다 했구만

저거 쌍꺼풀 딱 티나고

코에는 저게 뭐야, 분필이야?

이마에도 뭐 넣은 것 같은데? 아님 말고.

우와, 턱도 했어, 독한 년.

★

야, 저 정도 몸은 한 달이면 만들어.

저런 근육은 여자들이 좋아하지도 않아.

차라리 나 같은 몸 좋아하지. 적당히 살집도 있고.

그리고 저런 헬스 근육은 다 그냥 허세야.

실제로는 힘도 하나도 못 쓸걸?

★

입에 침 튀어가며 어떻게든 까는 모습이 오히려 안쓰러울 때가 있다.

이상한 상대평가

대학시절 들었던 수업은

절대평가 수업과 상대평가 수업으로 나뉘었다.

절대평가는 모든 학생들에게 교수의 소신대로 학점을 주는 것이고

상대평가는 학생들의 석차를 따져 정해진 비율대로

학점을 주는 것이다.

상대평가 수업의 학점 분배 기준은

A가 30%, B가 40%, C 이하가 30%였다.

학생이 10명이라면

잘해서 A를 받는 학생이 3명

보통이어서 B를 받는 학생이 4명

못해서 C 이하를 받는 학생이 3명이라는 것이다.

세상의 모든

'상, 중, 하'와

'고, 중, 저'와

'대, 중, 소'가

대충 그 정도의 비율로 나뉘지 않나 싶다.

그런데

사내들이 모인 술자리에서 어쩌다
고추 크기에 대한 이야기가 나오면
어느 누구도 자신의 고추 크기가 'C'라고 이야기하지 않는다.

"야, 솔직히 나 정도면 다 죽지 인마."
"나도 작지는 않아, 인마. 큰 축에 들었음 들었지."
"에이, 너 작을 것 같은데?"
"어휴 젠장, 이걸 지금 보여줄 수도 없고!"

A가 70%고 B가 30%고, C 이하는 아무도 없는 이상한 상대평가.

'절대평가' 점수를 각자는 알고 있겠지만
어차피 확인하지 않을 것이기에
그게 뭐라고 그렇게 목에 핏대를 세우며

나는 큰 편이라고, 최소한 중간은 간다고.

어느 포워드의 은퇴

농구선수인 내 친구 진수가 은퇴를 했다는 소식을 들었다. 지난 시즌이
끝나고 FA가 된 그의 계약 소식이 들리지 않아 혹시나 했던 차였다.
상심이 클 것 같아서 연락하기가 조심스러웠는데, 오늘 만난 그는
다행히 아무렇지도 않은 얼굴이었다.

"아냐~ ○○팀에서 계약 제안받았는데, 그냥 내가 은퇴하고 싶어서
한 거야. 이제 나이도 있고 애기도 태어나잖아. 대학 때 교직 이수
했으니까 선생님 하려고 준비 중이야."

그를 처음 만난 날이 떠올랐다. 지금은 그의 아내가 된 세리가 원래
내 친구였고, 남자친구인 그를 소개했다. 그를 처음 만나는 대부분의
사람들처럼 나도 "우와, 역시 농구선수가 크긴 크구나. 도대체 뭘
먹어야 그렇게 커지냐" 하며 호들갑을 떨었다.

그런데 코트 위에서 그는 오히려 키가 작은 선수였다. 그의 포지션은
포워드였고 192센티미터는 다른 포워드들에 비해 작은 키였다.
작은 선수가 뛰어난 체력과 운동 능력으로 자신보다 덩치 큰 흑인
용병을 상대하는 모습은 스포츠팬의 입장에서 볼 때 그저 대단하고
멋있게만 보였다. 그런데 막상 친구가 용병 선수들의 거대한 돌덩이
같은 근육과 부딪치며 고생하고 있다고 생각하니 조금 안쓰러운

마음이 들곤 했다. '키 커서 좋겠다'는 칭찬은 정말 뭘 모르고 했던 말이었다.

"너 이제 농구 안 할 거면 나 몇 센티만 떼주면 안 되냐?"
"그럴 수 있으면 좋겠다. 한 180 중반 정도면 딱 좋을 것 같은데."
"현역이었으면?"
"한 2미터 20 정도면 좋았겠지!"

이제 220센티미터를 부러워하지 않아도 되는, 192를 아쉬워하지 않아도 되는 세상으로 돌아온 진수를 **환영하고 응원한다.** 그 덩치들 사이에서 리바운드를 잡아내고 덩크를 꽂던 친구이니 **뭐든지 해낼 수 있을 거라 생각한다.**

숙취가 내게 알려준 것

김연아의 은퇴 선언은 내게 뜻밖의 충격을 안겨주었다.
당시 스물여덟 살이던 나는 아직까지 성장하고 있다고만 생각했지,
늙어가고 있다고는 생각하지 못했다. 그런데 나보다 세 살이나 어린
피겨 여제가 은퇴라니. 스포츠 선수의 은퇴는 그 기량이 정점을 찍은
후 내리막에 접어들었을 때 내리는 결정일 테고, 그렇다면 적어도
스물다섯에 벌써 인간의 신체적 능력은 하락세에 접어든단 말인가.
하기야, 예전에 스트리트댄스 공연을 보다가 스물아홉의 댄서에게
후배들이 '노익장'이라는 단어를 사용하는 것을 본 적도 있고,
고교시절 세계 정상의 자리에 올랐던 바둑기사가 최근에는 중고등학생
기사의 추격에 적잖이 고전하고 있다는 이야기도 들었다. 그렇다면
설마, 나의 신체도 이미 가장 좋았던 시기를 지나쳐 하향 곡선을
그리고 있을까?

★

이런 이야기를 나누며 친구네 자취방에서 술을 마시던 2014년의
어느 날. 우리에게 막연했던 '늙어간다'는 것은 우리와 무관하지
않은 이야기가 되어 있었다. 바로 그다음 날 우리는 모두 숙취로
괴로워했고, 그것은 2004년도에는 아무리 술을 마셔도 경험하지
못했던 것이었다.

귀여운 땀쟁이

"하여간 고기 하난 진짜 잘 먹는다니까."
"당연하지, 내가 고기 사 먹으려고 일하고 사는 사람이잖아."
"하기야, 우리 처음 만났을 때도 너 진짜 짐승처럼 먹었어."
"잘 먹어야 예쁘잖아."
"예쁘긴 무슨. 나 그때 죽는 줄 알았어."

★

대학교 4학년 때였나, 아직 조금 더운 9월이었다. 친구를 졸라
소개팅을 하게 되었다. 미리 연락처를 받아 카톡 프로필 사진을
봤는데… 세상에! 친구에게 전화를 걸어 사랑한다고 이야기를
할 뻔했다. 약속을 정하기 위해 몇 마디 이야기도 나누었는데
"너무 부담 갖지 마세요. 우리 아직 둘 다 학생이잖아요"라는 말에
그녀를 만나기도 전에 이미 반했던 것 같다.

약속 날짜까지 남은 며칠이 왜 이렇게 길던지. 전날에는 머리도 하고
예쁜 재킷도 하나 샀다. 저녁 6시에 만나기로 했는데, 4시에 강남에
도착해 거리를 걸었다. 그녀는 뭘 좋아할까, 어디서 만나야 할까
고민하며 초가을 뙤약볕이 뜨거운 줄도 몰랐다.

커피숍에서 그녀를 만났다. 막상 보니 더 마음이 뛰었다.
굳이 커피 값 쓰지 말고 고기나 먹으러 가자고 했는데
그것 역시 너무 마음에 들었다.

고깃집에 가서 재킷을 벗어 비닐에 넣어두고 고기를 구우며 한참
이야기를 나눴다. 애쓰지 않아도 자연스럽게 흘러가던 대화.
화장실에 가는 시간마저 아까웠다. 어쩐지 예감이 좋아 쾌재를
부르며 화장실에서 거울을 봤는데, 아뿔싸. 양쪽 겨드랑이에서 봇물이
터졌는지 재킷 안에 입었던 회색 티셔츠가 그 부분만 흥건했다.

그렇게 햇볕 뜨겁게 내리쬐던 거리를 걸으며 왜 이걸 몰랐을까?
그녀는 봤을까? 못 봤겠지? 아니 그럴 리가, 이렇게 선명한데?

차라리 세면대 물로 티셔츠를 다 적셔버릴까 한참을 망설이다가 그건
좀 미친 사람 같아 보일까 봐 그냥 황급히 돌아와 다시 재킷을 입었다.
고기 굽는 숯불은 그날따라 뭐 그리 뜨거운지. 삐질삐질 흐르는 땀
때문에 그다음부터는 무슨 이야기를 했는지도 모르겠다. 그냥 빨리
나가고 싶은데, 무슨 고기를 그렇게 잘 먹는지. 불판이 대여섯 번
갈리도록 나는 등줄기에 땀을 줄줄줄 흘리고 있었다.

★

그녀는 무슨 생각이 났는지 고기를 먹다 말고 박장대소를 했다.
"아, 그때 진짜 웃겼는데."
"뭐가?"

"너 그때 진짜 웃겼다고. 처음부터 끝까지."

"뭐야, 알고 있었어?"

"당연하지 처음에 너 재킷 벗을 때 진짜 빵 터질 뻔한 거 겨우 참았어. 양옆에 무슨 폭포 터진 줄. 그리고 그렇게 더우면서 재킷은 또 왜 챙겨 입고서는 무슨 땀을 그렇게 흘리는지!"

"야! 그걸 알면 대충 먹고 나왔어야지!"

"귀여워서 그랬어 귀여워서, 이 땀쟁아."

나는 괜히 쑥스러워져서 또 땀을 흘렸다. 오랜만에 옛날 생각이 나서 삼겹살도, 소주도 더 맛있었다.

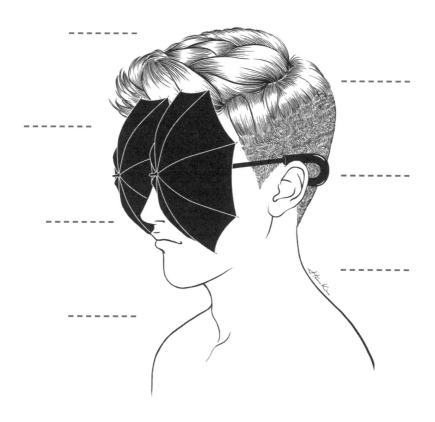

새 구두

계절의 끝자락, 그녀는 오늘 처음으로 반창고를 붙이지 않고 이
구두를 신기로 했다. 거리를 조금 걷다보니 항상 물집이 잡히던
자리가 더 이상 쓰리지 않다는 것을 느꼈다. 구두가 조금 길이 들어서
말랑말랑해지기도 했을 것이고, 그녀의 발도 이 구두에 익숙해졌을
것이다. 그녀는 처음 이 구두를 사던 날이 떠올랐다.

이 계절이 시작될 무렵, 오랜만에 소개팅 약속이 잡혔다. 왜 새로운
계절이 시작될 때마다 옷장에는 그리도 입을 옷이 없고 신발장에는
그리도 신을 신발이 없는지. 작년 이맘때는 도대체 무엇을 입고
신었는지. 옷은 그럭저럭 챙겨 입었지만 도대체가 마음에 드는 신발이
없었다. 버려도 될 신발을 챙겨 신고 약속 장소로 가는 길에 잠시 신발
가게에 들러 새 신을 사서 신었다. 조금 불편한 것 같다고 말하자 신발
가게 점원은 말했다. "아직 길이 안 들어서 그래요. 신고 다녀보면
괜찮아져요."

그날의 기억은 좋지 못했다. 새 신발에 까진 발은 아픈데,
그와의 대화는 어쩐지 겉도는 느낌이었다. 외모도 깔끔하고 사람도
좋은 것 같은데, 조금씩 안 맞는 부분이 느껴졌다. 자라온 환경과
일하는 분야도 달라서 공감대를 찾기가 어려웠다. 마음에 안 드는 건
아닌데 편하지가 않았다. 새로 산 구두처럼.

그렇게 어중간한 만남을 두어 번쯤 더 갖고, 그가 말했다. "우리 계속 만나볼까요?" 잠시 머뭇거리자 그는 "아직 우리가 안 친해서 그래요. 일단 한 계절만 만나봐요"라고 말했다. 그녀는 그러겠다고 했다. 그 눈빛에 잠시 비친 확신 같은 것이 묘하게 설득력 있게 다가왔다.

저 멀리 그가 보인다. 양손에 커피를 들고 있다. 내가 좋아하는 커피를 기억했다가 건네는 그를 보며 그가 더 이상 불편하지 않다는 것을 느꼈다. 그는 그녀에 대해 조금 더 알게 되었을 것이고, 그녀도 그에게 익숙해져간다.

난 아마 같은 실수를 반복하겠지

프롤로그

'내일부터, 내일부터, 내일부터'가 비로소 '오늘부터'가 된 까닭은
드디어 **택배**가 도착했기 때문이야.
택배 상자에는 새 운동화와 신상 운동복이 들어 있어.
운동화는 안 신는 게 몇 개 있고, 운동복은 무료로 빌려주지만
왠지 새걸 신고 입어야 운동이 더 잘될 것 같았어.

눈여겨봐둔 헬스장에 가서 야심차게 3개월을 등록했어.
몇 만원 깎아준다는 말이 달콤하기도 했고
당연히 4개월쯤은 운동을 해야 효과를 볼 수 있을 테니까.

작심일일

새 옷을 입고 새 신을 신고 드디어 러닝머신에 오르는 설렘
5.0km/h로 속도를 맞추고 걷기 시작해.
5분만 걷다가 6.5로 올려서 30분은 타야지.
그런데 벌써 숨이 차.
아, 그래. 오늘은 첫날이니까 몸만 풀자.

15분 만에 러닝머신에서 내려오고 말았지.

괜찮아, 어차피 유산소운동보다 중요한 건,
근육량을 만들어서 기초대사량을 늘리는 거야.
헬스 기구를 옮겨 다니며 무거운 쇳덩이를 들고, 당기고, 밀고 하니
나름 재미도 있고, 정말 운동을 하고 있는 것 같아서 뿌듯해.

샤워를 하고 옷을 갈아입고 나니 개운하고 나른하고
기분이 너무 상쾌해.
왜 진작 운동을 다니지 않았을까 싶기도 하고
팔다리가 후들후들하는 걸 보니 벌써 효과가 있는 것 같아.

집에 가는 길에 닭가슴살과 양상추를 사서 저녁을 준비해야 해.
운동보다 더 중요한 건 식이요법이거든.
운동을 한 뒤라 퍽퍽한 닭가슴살에 풀떼기만 먹어도 맛있을 것
같았는데
생각보다 맛이 별로네.
그래, 운동 안 하고 치킨 시켜 먹는 것보단 나을 테니까
달콤한 드레싱을 흥건하게 뿌려 먹자.

운동을 해서 그런가, 솔솔 잠이 쏟아져.
잠자리에 누워서도 마음이 너무 뿌듯해.
얼마든지 이렇게 살 수 있을 것 같아.
그러다보면 아까 헬스장에서 본 코치 같은 몸매가 되어 있겠지.

아침에 일어났는데 이게 뭐야, 온몸이 얻어맞은 것처럼 아프잖아.
출근을 해서 계단을 오르내리는데 다리가 후들거리고
등이 가려운데 팔 근육이 아파서 긁지도 못해.
동료들이 웃긴 이야기를 해도 배가 아파서 마음대로 웃지도 못하고
정말 하루가 어떻게 갔는지 모르겠어.
그냥 근육통이랑 싸우다가 시간이 훅 지나간 기분이야.

집에 돌아와 소파에 앉아 헬스장 갈 생각을 하니 끔찍해.
이 몸으로 어떻게 러닝머신을 뛰고 바벨을 들겠어.
벌써 이러면 안 된다는 건 알지만 이건 불가항력이야.
오늘만 쉬고 내일은 좀 살살 해야지.
서서히 컨디션을 끌어올려야 오래할 수 있는 건데
어제는 너무 오버 한 것 같아.

그래도 오늘은 식단만큼은 잘 유지했잖아.
가만 보니 배도 좀 들어간 것 같고.
그래, 내일부터 본격적으로 다시 시작하면 되는 거지 뭐.

근육통도 어제랑 큰 차이가 없고
오늘은 진통제라도 사다 먹어야 하려나.

게다가 이틀 동안 닭가슴살이랑 풀만 먹어서 그런지
힘도 하나도 없고 괜히 머리도 어질어질해.

점심 시간에 팀원들은 부대찌개를 먹으러 다녀왔다는데
나 혼자 맛대가리 없는 도시락을 까먹고 있으니 괜히 서럽고 처량하고

가뜩이나 서러운데 멍 때린다고 팀장한테 혼까지 나니
이제는 또 술이 당기네.
어떻게 알았는지 옆자리 친구에게서 온 카톡.

"퇴근하고 치맥?"

그래 원래 운동부족이나 비만보다 무서운 건 스트레스니까.
오늘은 스트레스를 푸는 게 급선무야.

맥주는 조금만 먹고, 밤늦게라도 운동은 해야지 했는데,
그때는 몰랐지, 2차로 소주까지 마시게 될 줄은.

에필로그

낯선 번호로 전화가 왔다.
"고객님, 여기 헬스장인데요."
아, 맞아. 헬스장 등록한 지 벌써 네 달. 등록 기간 만료됐겠구나.
하기야 재등록을 권하는 문자가 몇 번쯤 왔었던 것 같기도 하고

"사물함 비워주셔야 할 것 같은데, 언제쯤 가능하시겠어요?"
"아. 네, 죄송합니다. 오늘내일 중으로 비워드릴게요."
말하는데 어쩐지 부끄럽다.

괜히 인적 드문 늦은 시간에 헬스장에 가서
도둑질하듯 사물함을 비워
방금 가게 창고에서 꺼낸 것 같은 새 운동화를 보니 더 민망해.

혹시나 나를 알아보는 코치가 있을까봐 후다닥 챙겨서 나오는데
어쩐지 자괴감이 밀려와.
나는 아마 안 될 거야.

동안이 싫은 남자

"나는 어린 여자를 만날 거야."
이런 말이야 철들지 못한 서른 살 무렵의 남자들이 흔히 내뱉는
이야기지만, 평소에 실없는 이야기를 잘 하지 않는 그이기에
조금 낯설게 들렸다.

"엥? 얼마나 어린 여자?"
"이십대 초중반."
"왜~애?"
"내가 너무 어려 보여서 그래. 또래랑 다니면 묘하게
서로 이질감을 느껴."

문득 몇 해 전의 일이 떠올랐다. 그는 세 살 연상의 여자와 잠시 만난
적이 있었다. 나랑 친한 누나였는데, 내가 만든 술자리에서 만나
번호를 교환하더니 곧잘 연락을 주고받고 데이트도 하곤 했다.
딱히 말은 하지 않았지만 그는 그녀와의 관계를 보다 진지하게
끌어가고 싶어 하는 것 같았다. 그러던 중 내가 누나를 만났다.

"누나, 걔랑 잘해볼 생각인거야?"
"아니."
"왜? 잘 만나는 것 같더니?"

"그냥. 잘해보고 싶었는데 생각이 좀 바뀌었어."

이유를 물었는데, 누나는 의외의 부분에서 스트레스를 받고 있었다. 함께 가게 같은 데에 들어가면 "어머, 남자친구분이 연하신가 보다"라는 이야기를 듣기 일쑤였다. 서른이던 누나는 나이의 앞자리가 막 바뀐 대부분의 사람들이 그러하듯 나이에 민감해하던 상황이었다. 그런 이야기를 들을 때마다 그의 얼굴과 자신의 얼굴을 비교하곤 했다. 예쁜 편이긴 하지만 동안 소리를 듣지는 못하는 서른 살 자신의 얼굴과, 스물 일곱이지만 스물 한두 살이라고 해도 무리가 없을 듯한 그의 얼굴을 번갈아 보다보면 괜한 자괴감이 밀려온다고 했다. 그 사실을 그도 알았다.

"그래서 나는 연상이나 동갑은 만나기 좀 그래. 내가 꼭 연하만 좋아하는 건 아닌데, 여자들이 힘들어하거나 사람들 수군거리는 거 짜증나니까. 차라리 아예 나보다 확실히 어려 보이는 여자를 만나는 게 나을 것 같아."

그는 자신이 동안인 게 마음에 들지 않는다고 했고, 나는 그를 만날 때마다 "이야, 넌 늙지를 않냐. 부럽다, 부러워"했던 게 생각이 났다. 사람들이 딴에는 칭찬이랍시고 한 말이 그에게는 스트레스가 되는 줄도 모르고 "야, 마음에 안 들면 나랑 바꿔" 같은 되도 않는 이야기들이나 해댔겠지.

동안뿐인가, 칭찬이랍시고 생각 없이 내뱉는 "너는 어쩜 이렇게 말랐니"도 "너는 가슴이 커서 좋겠다"도 "윗 공기는 어때? 키 큰 거

완전 부러워"도 누군가에게는 콤플렉스를 건드리는 말일 수 있는 것이다.

지적도 칭찬도 현명하지 못하니
당사자 앞에서 외모에 대한 이야기는
아예 하지 않는 편이 좋을지도.

양파 넣은 라면

일요일 오후, 출출해서 라면을 끓여 먹으려고 냄비를 꺼냈다.
라면을 뜯고 양파를 썬다. 송송송.

"너는 라면에 무슨 양파를 그렇게 많이 넣냐?"
"저는 이거 다 넣어야 맛있더라고요."
"너무 많지 않아?"
"괜찮아요. 그거 알아요? 우리 엄마도 이거 되게 좋아했어요."

옛날 어느 날, 엄마와 드러누워 텔레비전 일일드라마를 보다가
임신한 아내를 위해 밤늦게 음식을 사러 다니는 남편의 모습을 봤다.

— 엄마는 나 가졌을 때 뭐 먹고 싶었어?
— 나는 희한하게 라면이 먹고 싶더라. 양파 많이 넣은 거.
— 그거 원래 좋아하는 거 아니었어?
— 아냐, 엄마 라면 잘 안 먹었는데 너 갖고부터 좋아지더라고.

맛도 맛이지만 그날의 장면은 늘 따뜻하게 기억돼서
라면을 끓일 때마다 양파를 썰고 있는지도 모르겠다.

엄마의 취향을 물려받아, 그리고 엄마와의 추억 때문에

내가 양파 넣은 라면을 좋아하는 것일까.

아니면 엄마 배 속에 있던 그 쪼그맣던 내가 벌써 어떻게 알고

양파 넣은 라면을 좋아해서

엄마도 좋아하게 만든 것일까.

아버지의 다리

고등학교 3학년 때, 엄마가 돌아가시기 몇 달 전 어느 밤이었다.
엄마는 그날따라 나랑 나누고 싶은 이야기가 많은 모양이었다.
많은 이야기를 들었다. 엄마의 고등학교 시절, 아버지와 만나고
연애한 이야기, 시집을 와서 할머니께 서운했던 것, 그리고 혼자 남겨질
아버지에 대한 안타까움. 나는 왜 그런 소리를 하느냐고 했지만
이미 죽음을 예감하고 있었던 엄마는 날더러 아버지한테 정말 잘해야
한다고 거듭 말씀하셨다. 과부는 안 그런데 홀아비는 조금만 신경을
안 써도 불쌍해 보인다며. 어떻게 잘해야 하냐고 묻자 엄마는
이렇게 대답하셨다. "느그 아부지가 느그 할매한테 하는 것만큼만
해도 어디 가서 효자 소리 들을 끼다." 하기야 나는 어디서도 우리
아버지처럼 극진하게 부모를 공양하는 사람을 본 적이 없다.
수시로 안부를 여쭙고, 필요한 것을 이야기하기 전에 마련해주시고,
조금이라도 몸이 안 좋아 보이면 꼭 함께 병원에 가서 건강을
체크하고. 어찌 보면 당연한 일인데 누구나 그런 당연한 부분을
그토록 살갑게 챙기고 살지는 않는 것 같다.

"근데 엄마, 아빠는 할머니한테 왜 그렇게 유별나게 잘하는 거야?"
그때 나는 아버지와 할머니 사이에 있었던 일에 대해 처음으로
듣게 되었다. "아빠 한쪽 다리 좀 가는 것 알지?" 아버지의 체형이
상체에 비해 하체가 조금 부실하다는 생각은 해봤지만 그것은

그냥 아버지의 신체가 갖고 있는 하나의 특징일 뿐이라 생각했다. 양쪽 다리의 굵기가 다르다는 것도 엄마의 말을 듣고서야 "그러고 보니 그렇네" 할 정도로 의식하지 못하고 있었다. 아버지가 장애인 등록증을 가지고 있는 것도 아니고, 같이 뛰어논 어린 시절의 기억도 많이 남아 있으니. 엄마는 아버지가 어릴 적 소아마비를 앓았고 그 때문에 양쪽 다리의 굵기가 달라진 거라고 했다. 그럼에도 다리를 절거나, 외관상 크게 티가 나지 않는 까닭은 할머니의 지극한 정성이 있었기 때문이었다고 했다. 슬하의 칠남매 중 가장 아픈 손가락이었을 셋째 아들을 애지중지하며 길렀을 것이고, 그런 사실을 아버지는 여전히 기억하고 있을 것이다. 그래서 아버지는 다른 집 아들들보다 더 애틋한 감사의 마음을 갖고 있었을 것이고, 그래서 이렇게 할머니에게 잘하는 것 같다고 엄마는 말했다.

머지않아 엄마가 돌아가시고 남은 우리 가족은 할머니와 함께 살게 되었다. 아버지가 출근하신 어느 날, 문득 그 이야기가 생각이 나서 할머니께 여쭈었다. 아버지는 왜 소아마비를 앓게 되었느냐고. 그 옛날, 갓난아이였던 아버지를 방에 눕히고 할머니는 잠시 장을 보러 나가셨다. 집에 돌아와 보니 이불 위에 눕혀두었던 아기는 차가운 바닥에 누워 있었고 불덩이처럼 열이 나서 숨이 넘어가고 있었다. 아이를 들쳐 안고 정신없이 병원에 가서 겨우 열은 식힐 수 있었지만 의사는 아이에게 장애가 생길 것 같다는 청천벽력 같은 말을 했다. 할머니는 그 모든 것이 자신의 부주의로 인해 생긴 일인 것 같아 한참을 울었다. 그날 이후 할머니는 아버지께 구해다 먹이지 않은 것이 없었고, 용하다는 의원이란 의원은 다 찾아다녔다고 했다. 다행히 아버지의 소아마비는 아주 경미한 수준에 그쳤고 일상생활에 큰 지장이 없는 정도가 되었지만, 할머니는 아직도 아버지의 다리를 볼 때마다 가슴이 아프다고 하셨다.

아버지는 할머니가 원망스럽지 않았을지 여쭤본 적은 없지만 멋 부리기 좋아했던 것 같은 아버지의 젊은 시절 사진을 보면 그런 적이 없었을 것 같지는 않다. 그러나 더 가슴 아팠을 할머니의 마음을 알기에 지금의 아버지와 할머니가 되었을 것이다.

허리가 아픈 할머니를 부축하고 병원으로 향하는 아버지의 뒷모습을 보며 그 밤 엄마가 했던 이야기를 다시 떠올려본다. "민구야, 만약에 엄마가 아빠보다 먼저 가면 니는 진짜로 아빠한테 잘해야 된다. 아빠가 큰돈을 못 벌어도, 니를 많이 못 도와줘도 그래도 잘해야 된다. 엄마가 부탁한다." 아버지의 왼쪽 다리를 보며 할머니의 애틋한 마음을 떠올려본다. 그리고 나를 향한 엄마와 아버지의 마음을 상상해본다. 너무나 일찍 떠나야 했던 **엄마의 마음**과, 넉넉하지 못하게 길러야 했던 **아버지의 마음**은 아버지를 업고 의원을 돌아다니던 **할머니의 마음**과 다르지 않았을 것이다. 그렇기에 그 밤 엄마가 내게 했던 부탁이 무겁다. 참 무겁고 어렵다.

너와 헤어지고 돌아오는 길, 배가 고파서 국밥을 한 그릇 먹었다.

이런 순간에도 배가 고프구나, 하고 새삼스레 헛웃음 지을 것도 없다. 엄마가 돌아가시던 열아홉 살 어느 가을밤에 나는 깨달았다. 마음이 아픈 것과 배가 고픈 것은 아무런 관계가 없다는 것을. 밤새 흐느끼다 새벽녘에 정신이 들자마자 허기를 느꼈다. 우는 것은 상당한 에너지를 소모하는 일이라, 육개장에 밥을 말아 정신없이 한 그릇을 다 먹었다. 빈 밥그릇을 보며 약간의 죄책감을 느꼈던 것 같다.

머지않아 찾아온 첫사랑이 또 머지않아 떠나던 날에도 배가 고파서 세끼를 다 챙겨 먹었다. 이번에는 영원할 것 같던 그다음 사랑이 떠나던 날에도 그랬고, 조금 덜 기대하게 되었던 그다음 사랑이 떠나던 날에도 그랬다. 누구나 날 떠난다는 사실을 배워가는 만큼, 슬픈 와중에 밥그릇을 비워내는 것은 전혀 죄스럽거나 부끄러운 일이 아니라는 것도 배웠다.

엄마가 떠난 슬픔은 그래도 남아 있는 다른 가족들을 보며 이겨냈다. 사랑이 떠난 날에도 여전히 내 곁에 남아 있는 이들의 도움으로 슬픔을 털어낼 수 있었다. 그러나 어느 누구도 영원히 내 곁을 떠나지 않을 거라고 장담할 수 없다. 마지막 눈을 감는 순간까지 나와 함께할 거라고 확신할 수 있는 건 오로지 내 몸뚱이뿐인 것이다.

그래서 너와 헤어지고 돌아오는 길일지라도 배가 고프면 국밥 한 그릇 채워 넣어야 하는 것이다. 이런 날일수록 더 그래야 하는 것이다.

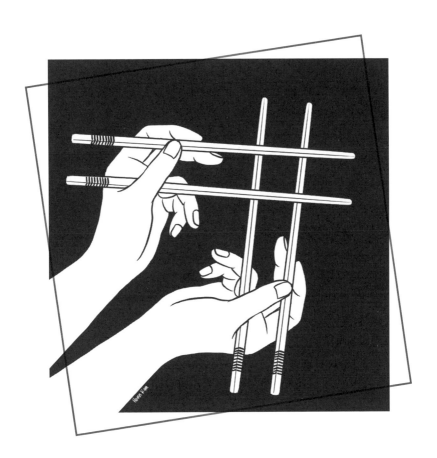

알보칠

나는 그녀가 성가셨다. 밥도 나랑 먹고 싶어 하고, 영화도 나랑 보고
싶어 하고, 쇼핑도 나랑 하고 싶어 하고, 책도 나랑 읽고 싶어 하고,
병원도 동사무소도 나랑 가고 싶어 하고, 친구도 나랑 같이 만나고
싶어 하고. 결혼한 사이도 아닌데 생활의 모든 것을 공유하고 싶어
하는 그녀를 이해하기 어려웠다.

첫 책을 쓰고 있을 때였다. 마감을 얼마 남겨두지 않아 조급해하고
있는데 현관 비밀번호 누르는 소리가 들리고 문이 열렸다. 그녀는
비닐봉지에 떡볶이와 순대를 사 들고 와서는 "자기야, 밥 먹고 해"
하는데, 갑자기 무언가가 치밀어 올랐다.

화를 억지로 누르면서, 애써 안면근육을 움직여 웃는 표정을 지으면서
식탁에 앉았다. "나 방해 안 되게 얌전히 방에서 텔레비전 보고 있어도
돼?" 그녀는 내 기분을 살피며 조심스럽게 말했는데, 나는 그녀가
눈치볼 때 짓는 그 조마조마한 표정이 불편했다. 하필 그때,
조금 흥분해서 그랬는지 실수로 볼 안쪽을 씹었다. 그 바람에
참아왔던 감정이 터져 나왔다.

"어떻게 방해가 안 돼? 작작 좀 해. 나 좀 내버려두라고!"

당황한 그녀는 한동안 얼어 있다가 미안하다며 자리에서 일어났다. 신발을 신던 그녀에게 나는 한마디를 더했다. "우리 안 맞아. 헤어지자." 그녀는 말없이 나갔고 그것이 마지막이었다.

그녀는 더 이상 나타나지 않았지만 여전히 성가셨다. 며칠이 지나도 여전히 쓰리던 입안의 상처처럼. 내가 소리치던 순간의 놀란 그녀 얼굴이 떠올랐다. 입안의 상처는 부어올라서 자꾸 씹힌다. 씹힐수록 더 부어올라 더 씹힌다. 그 순간의 기억도 자꾸 씹히고, 씹히고, 씹혔다. 입안의 작은 상처 때문에, 아니 어쩌면 그녀가 받은 상처에 비하면 별것도 아닌 죄책감 때문에 나는 며칠간 밥도 먹지 못했다. 둘 다 내가 그렇게 만든 것이라 누구도 원망하지 못한 채.

며칠 뒤 늦은 밤, 그녀에게 전화가 왔다. 술에 잔뜩 취해 울면서 뭐라뭐라 욕을 하고 끊는데, 또 그 안쓰러운 모습이 떠올라 나도 잠시 울었다. 낮에는 입안에 알보칠을 바르다 아파서 눈물이 찔끔 났으니 그날은 두 번이나 운 셈이다. 그러나 그것도 잠시. 찐하게 한 번 아프고 나면 새살이 돋기 마련이다.

다음 날부터
다시 밥을 먹기 시작했다.

좋은 구두처럼

좋은 가죽 구두는 신을수록 멋스럽다. 뻣뻣하고 반질하던 가죽이 시간이 지나며 부드럽게 길들고 자연스런 세월의 흔적을 얻게 되는 것이다. 물론 새 구두에는 새 구두만의 멋이 있겠지만, 이제야 발에 맞기 시작하는 구두를 주름이 지고 생채기가 났다며 버리는 것은 바보 같은 일이다. 사람의 얼굴도 그렇다. 〈타이타닉〉에 나오던 젊은 날의 레오나르도 디카프리오는 아름다웠지만, 얼마 전 아카데미 시상식에서 보았던 주름진 그의 얼굴에는 그 시절에 갖지 못했던 아우라가 있었다.

얼마 전, 친구 민철이와 술을 마셨다. 그는 몇 해 전까지 우리나라의 탑 모델 중 한 명이었고, 지금은 영화배우로 활동하고 있다. 지금도 탑이지 않느냐고 그에게 되물었더니 이제는 그도 모델로서는 황혼기에 접어들어서 그리 말하기가 민망하다고 했다. 서른한 살. 회사원이었다면 이제 대리 정도 달면 잘 다닐 것이다. 이제야 슈트가 내 옷 같고, 취업하면서 샀던 구두도 멋진 모양을 하고 있었을 텐데, 서른한 살에 벌써 노장이라고? 그러고 보니 스무 살 무렵에 읽던 잡지의 화보 속 모델들 대부분을 언젠가부터 볼 수 없게 되었다는 사실을 새삼 깨달았다. 그들은 다 어디로 갔을까?

잡지와 패션쇼에 나오는 모델들은 대부분 십대 후반에서 이십대

후반까지. 시장이 원하는 나이대가 대부분 그때라서 우리 나이쯤 되면 다른 계획을 세워야 한다는 그 말이 아쉬웠다. 예전에 멋있던 잡지 속 형들은 지금 또 다른 멋을 온몸으로 뿜어내고 있을 텐데, 어느샌가 그보다 한참 어린 모델 위주로 지면이 채워지고 있다니. 보통 사람들이 화보 속 옷을 살 형편이 되려면 적어도 우리 정도 나이는 되어야 할 텐데.

세상에 절대적으로 '늙은 나이'라는 건 존재하지 않는다. 늙었다고 규정되는 순간부터 늙은 사람이 되는 것일진대, 너무 이른 나이를 가리키며 늙었다고 말하는 건 아닌지 모르겠다. 백세시대라며. 민철이도, 나도 사계절로 치면 이제 막 여름으로 가고 있다. 최고급 수제 가죽구두처럼, 이제야 길이 들기 시작할 거다. 멋있게 늙자. 마흔 살 때도, 쉰 살 때도, 백 살 때도.

에필로그: 전신 거울 속 염치없는 몸을 들여다보며

샤워를 하고 몸을 말리다가 전신 거울 앞에 선 심정은 다소
참담했습니다. 다른 걸 하고 놀 줄 몰라서 밤마다 마셨던 술,
숙취를 예방하겠답시고 거르지 않았던 해장. 지난 10년간 내 몸은
참 볼품없는 모양이 되었습니다. 그 전의 20년 동안 꾸준히
자라왔던 시간이 이런 결과를 낳기 위한 것은 아니었을 텐데…
한숨을 푹푹 쉬다가 문득 이런 생각이 들었습니다.

'그런데 내 몸이 마음에 들었던 적이 있기나 했던가?'

맹세코 살면서 단 한번도 나의 외모에 만족한 적이 없습니다. 나와
가까운 누군가는 의아해할지도 모르지요. 틈날 때마다 잘생겼다고
주장하고 다녔으니까. 사람들은 이런 제 말이 우스갯소리인 줄 알고
"너 그 말 진심으로 하는 거야? 아니면 그냥 하는 소리야?" 하고 묻곤
했습니다. 그때 나는 비밀이라고 찡긋 웃고 넘겼지만, 수년이 지난
지금에서야 고백합니다. 그 말은 절대 진심이 아니었다고.

30년 인생의 대부분을 비만으로 살았고, 잠시 열심히 다이어트를
하던 시기에는 커다란 두개골과 그에 비해 어처구니없이 빈약한
어깨가 부각되어 '추파춥스'라는 별명까지 얻었습니다. 뚱뚱한 사람이
살을 뺀 후 미남미녀가 된다는 가정으로 흔히 '안 긁은 복권'이라는

말을 합니다. 최근의 내가 살 빼는 데 큰 관심이 없었던 이유는
긁어봐야 꽝일 복권임을 너무도 잘 알기에 안 긁은 복권 행세를 하려
했던 겁니다.

거울 속의 내 모습을 그렇게 구석구석 살핀 적이 많지 않았는데,
어쨌거나 몸에 대한 글을 쓰려고 작정했으니 내 몸부터 봐야 했습니다.
부분으로 나눠서 한참을 바라보며 떠오르는 이야기를 메모했습니다.
그러다 알게 된 사실은, 내 몸의 각 부위가 어느 하나 빼놓지 않고
각각의 이야기를 간직하고 있더라는 것입니다. 다소 못나 보인다고
생각했던 내 몸은 육체라는 껍질이 아니라, 30년의 흔적을 고스란히
담고 있는 유물이고 유적이었습니다.

그 많은 기억 중 가장 강렬한 것은 단연코 사랑의 기억. 스스로는
도무지 사랑할 수 없던 이 몸뚱이를 어루만져주던 옛 사랑의 기억
(아, 이 염치없는 몸을 그토록 사랑스럽게 매만지던 손길이라니)과
사랑받고자 치장했던 그 눈물겨운 노력들. 그러고 보니 애초에 이 몸이
세상에 존재할 수 있었던 것도, 이제는 나의 아버지와 어머니가 된
젊고 가슴 뜨거웠던 어느 남녀의 사랑이었을 테지요. 세포 하나하나에
녹아 있는 이런 이야기를 되새기다보니 비로소 내 몸이 조금은
사랑스럽게 여겨지는 것 같았습니다.
그래요, 몸을 소재로 내가 쓰고자 했던 것은 결국 **사랑**,
그 뻔한 이야기였습니다.

'몸'이라는 것에 대해 이야기하기에 조금은 조심스러운 시대입니다.
혹시나 덜 여문 생각 탓에 행여 배려가 부족한 글은 없을까 겁도

납니다. 그럼에도 이 책을 내놓는 것은, 이 책이 누구나 자신의 몸을 구석구석 살피고 어루만지고 사랑하게 될 수 있는 계기가 되기를 바라기 때문입니다.

당신이 얼마나 사랑스러운지 알았으면 좋겠습니다.
그리고 서로가 다 그렇다는 것을 알았으면 좋겠습니다.

일러스트. Henn Kim

아름답게 뒤틀린 흑백의 판타지를 그리는 아티스트.
유니세프, 삼성 갤럭시, 카카오톡, 아모레 퍼시픽,
로엔엔터테인먼트, AMOG 등과의 협업으로 다양한 종류의
작업물에 참여했다. 서울을 베이스로 스페인, 샌프란시스코,
뉴욕에서 각각 소속 작가로도 활동 중이다. hennkim.com

몸이 달다

ⓒ 강백수, 2017

초판 1쇄 인쇄일   2017년 1월 4일
초판 1쇄 발행일   2017년 1월 11일

지은이   강백수(강민구)
펴낸이   정은영

기획편집   고은주
디자인   배형원
일러스트   Henn Kim

펴낸 곳   꼼지락
출판등록   2001년 11월 28일 제2001-000259호
주소   서울시 마포구 성지길 54
전화   편집부 02) 324-2347   경영지원부 02) 325-6047
팩스   편집부 02) 324-2348   경영지원부 02) 2648-1311
이메일   spacenote@jamobook.com

ISBN 978-89-544-3705-9 (03810)

• 잘못된 책은 구입처에서 교환해드립니다.
• 저자와의 협의하에 인지는 붙이지 않습니다.
• 꼼지락은 "마음을 움직이는(感) 즐거운(樂) 지식을 담는(知)"
  (주)자음과모음의 실용에세이 브랜드입니다.

이 도서의 국립중앙도서관 출판예정도서목록(CIP)은 서지정보유통지원시스템 홈페이지
(http://seoji.nl.go.kr)와 국가자료공동목록시스템(http://www.nl.go.kr/kolisnet)에서
이용하실 수 있습니다.(CIP제어번호: CIP2016031095)

이 책은 아모레 퍼시픽의 아리따글꼴을 사용하여 디자인했습니다.